U0929947

青菜 白菜

沈立新 著

上海远东出版社

图书在版编目(CIP)数据

青菜白菜/沈立新著. —上海：上海远东出版社，2015
ISBN 978-7-5476-1053-4

Ⅰ. ①青…　Ⅱ. ①沈…　Ⅲ. ①散文集—中国—当代
Ⅳ. ①I267

中国版本图书馆CIP数据核字(2015)第267438号

青菜白菜

沈立新　著
责任编辑/冯裴培　装帧设计/李　廉

出版：上海世纪出版股份有限公司远东出版社
地址：中国上海市钦州南路81号
邮编：200235
网址：www.ydbook.com
发行：新华书店　上海远东出版社
　　　上海世纪出版股份有限公司发行中心
制版：南京前锦排版服务有限公司
印刷：上海市印刷二厂有限公司
装订：上海市印刷二厂有限公司

开本：890×1240　1/32　印张：9.25　插页：5　字数：143千字
2016年1月第1版　2016年3月第2次印刷

ISBN 978-7-5476-1053-4/I·304
定价：38.00元

青菜白菜
是我们自己种的
也是一年四季要吃的
可是你问我什么滋味
我可能说不出来
就如同这一天天的日子
大多已被我们忘怀

——作者题记

目录

目录

理发

我小时候不喜欢理发，因为我对理发店和理发师傅有一种本能的惧怕。长大后我明白了，这是一个自然人对即将融入这个陌生社会的惧怕，而且这种惧怕一直伴随着我并成为我的心理特征，时至今日，我仍然对无时无刻不置身于其中的这个社会怀有深深的陌生感和疏远感，也无时无刻不想着有朝一日能从中逃离出来，就像理好发后从理发店里逃离出来一样。

当然不喜欢理发的表面结果是导致了我的头发如野草一样又乱又长，这让父亲看了很不顺眼，星期天回来就把押送我去理发店当作他应尽的义务，而母亲则不以为然，对我的头发更多的是采取听之任之的态度。究其原因是父亲一周或二周回家一次，对我头发的生长情况比较触目惊心；而母亲则天天与我在一起，对我头发的长势也就熟视无睹。

在被迫进入我不想进入的理发店的过程中，我自觉或不自觉地以理发店为出发点，对将要涉足的世界有了初步的认识：无非是不会给自己理发、嘴里叼着熄灭了的香烟头、用力按着你头的理发师傅，粗拙的木梳和冰凉的理发推子，肮脏的毛巾和水龙头里流出来的令人联想起小便的水声，还有一面大大的有污斑的镜子和活生生照出来有点失真的面孔。我后来读了马克思的书知道了，这就是生产力和生产关系构成的貌似简单却复杂的如诸葛孔明八卦图式的社会。我们将要在里面生活一辈子，除此之外别无选择。

稍微长大一点后，也就是我能独立去祝桥镇上用黄豆换买豆腐时，我突然意识到自己对理发有了自主权。因而我毫不迟疑地选择了祝桥镇上一家私人开的理发店，这家理发店在一条静悄悄的小巷子里，白日里门半开半掩，门口常有一女人探出头来招揽像我一样大的儿童。她只有一间房子，前面半间是灶间，后面半间是房间，放着一张红漆大床。我们就在她房间里理发，给我们理发的主要是她的丈夫，她就在旁边给我们拿看小人书，同时烧水给我们洗头，她边洗边问你痛不痛，声音轻轻的。有时男的不在，就由她来理发，她理发时比他男人手脚更轻，理发推子经过你耳旁时，有一种躺在青草丛中听着风吹过去的微醉的感觉。

夫妻俩长得有点相像，都是修眉细眼，皮肤白净。不知为什么我一开始就觉得他们的理发店与正规的理发店有极大的差别，他们是在悄悄地给我们理发，每天躲避着什么，像兔子躲避着猎人。这种悄然的躲避使他们游离在社会之外，而这正和我们童年时的天性暗中契合。

河塘江

河塘江其实不是江，而是河。河中间有一条长堤，堤东的河称东河塘江，堤西的河称西河塘江。河塘江北到川沙县城，南至祝桥镇，沿河有数十条支流流向东西两面的村庄和田野。

我认识河塘江是从认识河里的鱼开始的。一年四季都有人在这河里捕鱼，这鱼好像永远捕不完似的，这河水深处好像永远隐藏着你从未见过的鱼。我相信随便在河塘江里舀一碗水，这碗水里就有几条像缝衣针一样细长的白眼鱼。

离我家不远处的西北面，河塘江的长堤上有一座长石桥，有四个桥洞，贯通东河塘江和西河塘江，两河相汇形成好大一片水面，遇风河水激荡，四个桥洞轰然有声，乡人称为“阴家水洞”。我们村里有个绰号叫小鸡的人的娘舅在此下网曾捕得一条大白鱼，分量足有四十公斤。

河塘江上一年四季白昼黑夜都有来来往往的船，经常能听到船的汽笛声和撑船艄公的各种口音，经常能看到各色各样的帆和躬身前行的拉纤人。河塘江里经常有推螺蛳的船，船舱搭有篷盖可遮风避雨，船尾有女子摇橹，船头上男人用一竿推网在河里推螺蛳和蚌，推了一段就起网倒在船头的大盆里。那盆里有螺蛳和蚌，更多的是碎砖和泥块。船舱里有小孩爬进爬出，小孩腰里往往拴着一根带子，大概是怕摔进河里去。这是从远方来的船，船上载着一家人的生活和生计。

夜晚，河塘江上的船声要比白天更清晰。拖驳的声音最粗犷响亮，远远就能听见它发动机的轰鸣声和威猛的汽笛声。那是河塘江里最大的船，拖着一支长长的船队。它们驶过时，带起来的波浪一直翻卷到两岸。

夜深人静时，水面上低低地传来咿呀的橹声，那是一只船在夜色中穿行，不知道那是一只什么样的船，那摇橹的是什么样的人，只觉得一声声都跌落进梦里，溅起的都是河塘江里的水花。

河塘江中间的长堤宽又高，堤面堤坡种满庄稼。堤上有窄窄的小路，路两旁长满茅草，春夏露水浓，走路会打湿裤管和鞋子。

我小时候去祝桥镇买豆腐，理发，去大姨妈家度暑假，清明时节随全班同学去川沙县城扫墓，都在堤上走着去。一边走一边小心路上的坑坑洼洼和堤上石桥层层石阶，一路还看看塘东塘西的烟火人家。

最宽的一段河堤在川沙县城南边的十一墩，堤上有店铺和住宅人家，有码头和商行，大船停泊在此忙着卸货进货，搬运工在长长的跳板上来往如梭。窄窄的草路到这里豁然开阔，变成了青石板铺的颇为宽绰的路，沿路走过去就走进了热闹的街道，那川沙县城里的繁华先是在这里闻到了气味。而河塘江也在这里流入护城河，它的名字就消失在这一片映着城阁楼宇和明灭灯火的河水之中了。

我家在河塘江之东，我大姨妈家在河塘江之西我家的西北面。我每次从大姨妈家回来，总是沿着河塘江的长堤一直走到与我家隔河相望之处，如果有船就请人把我摆渡过去，如果是在夏秋，我就脱下衣裤，用一只手擎着游过河去。当我踩着软软的河泥和水草走上河岸时，我的身上就全是这条河留下的气息。

石村校

我上小学的学校叫石村校，就在我家东南上，站在场角一望就望得到，但中间隔着村庄、田野和河，上学去要走过东面的孙家宅和南面的石家宅，就像到山上去，望望山就在前面，走走要兜好多圈子。

孙家宅是我一个队里的人家，远亲近邻自小就熟悉。石家宅不与我们一个队，但田地相毗，稻麦相邻，姻缘氏族相连，虽比不上本队本宅人家的相熟，但也不能说是陌生，只是石家宅上养的狗不认人，看见背着书包的小学生走过就大声叫，随时摆出要追咬的样子，弄得我们路过时要成群结伴而行，有点像《水浒传》里的客人提心吊胆过景阳岗。

记得有一次我一个人走过石家宅，狗追我跑，我吓得大哭起来，宅上的人却都在笑。有位叔叔喝住了狗，走过来安抚我，说见到狗不要跑，要慢慢走，不去理睬它，它就不会追你了，其实它是不咬人的，只是想和你玩。我听了他的话，以后见到狗就不再跑。但是狗要和我玩的话我听了将信将疑，因为我看那狗丝毫没有要和我玩的样子。

因为怕狗，我早晨上学时尽量跟三姐一起去，但有时她嫌我手脚慢，就先去了，我就赌气说不去上学了，母亲就会押送我去，过了石家宅，我就会恳求母亲回去，因为我怕同学看见了会笑话。

记得我刚入学时，有一次课间休息，我用手中的一根小竹竿戳了一下走在前面的一位女同学，我旁边的男生都哄笑起来。那位女生比我大两岁，从小就在一起玩耍的，但她这次竟然羞红了脸跑开了。后来她告诉我，小时候可以这样，长大了就不能这样，否则人家会说你是流氓。因为有了一次亲身经历，所以我对流氓这个概念很早就掌握了。

在石村校读书时，我班上有个名叫小美仙的同学写作文，开首一句就是："我巴巴是个七样。"老师看了半天没明白过来，我却是明白的，因为我与小美仙一个队，我知道她爸爸是个漆匠。她把"爸爸"写成"巴巴"也情有可原，因为她爸爸经常打骂她，她一直缺乏父爱。至于那个"漆匠"的"漆"字，我相信班上没人会写得出，因为老师还没有教过。

这里还要提一下的是我的顽皮。一次老师在课堂上批评我，我竟然大胆与她争起来，她真的生了气，大声说你到教室外面去，回到家里去。我说你到教室外面去，回到家里去。她说我是人民教师，是组织上派我来的，我说我也是组织上派我来的，引得教室里一片哄笑声，老师也禁不住笑起来。

学校原来是石家氏族里的祠堂，专门用来放置氏族祖宗的牌位，牌位据说用长木条做成，称为神鬼牌。改为学校后，牌就没有了。祠堂是一幢大大的房子，前后都是河浜，左右都是庄稼地，周围附近没有人家，只有贴着土地和河流吹来的低低的风，更显出这祠堂的高大和冷清。

在这所祠堂小学里，我认识了花花绿绿的课本，里面有"夏天过去了"这样平平常常却让人一生都会咏叹的句子，也有乌鸦和狐狸这样经典到让人一生都不会忘记的故事。我认识了如大哥哥大姐姐般的老师,他们是我们乡下最有知识的人。我认识了许多新的小伙伴,我们一起在这里受到了人生的启蒙教育。

现在,从这所祠堂小学里走出去的人散落在各处,这所祠堂小学也已经拆除,在这曾经是这所祠堂小学的地方,一排树木正在茁壮成长,树边的田野里长满了庄稼。

池塘和河

我家和阿权哥家住在一座房子里，他家住东头，我家住西头。房了左右和后面环绕着一个池塘，池塘形状如凹字，房子就坐落在这个凹的中间。据风水先生说，池塘状如畚箕，可以畚进金银财宝。

我家屋后种的是树。阿权哥家屋后种的是竹，有些竹笋和竹子蔓生到我家的屋后来，我家挖竹笋吃和砍竹竿用就不用与阿权哥家商量，觉得就像是自己家种的一样。

树和竹都种在池塘边上，临水的树和竹有一股清润之气，有竹树的池塘也似乎多了几分深邃和幽静。竹树林里一年四季鸟鸣不断，每天我是听着鸟声入睡和醒来的，也是听着鸟声长大的。

池塘后面是一望无际的田野，风可以毫无阻挡的从远方吹过来。如果风大，能越过池塘吹得竹树林一片声响；如果风小，风吹过来时就落进池塘里去了，仿佛演奏着的音乐突然遇见了一个休止符。

记得有一年，池塘的水被全部抽干，阿权哥和住在我家西头的洪奎哥在池塘里捉到许多鱼，在阿权哥家里分。阿权哥把鱼平均分成三堆，一堆阿权哥，一堆洪奎哥，一堆给我。虽然我还小，没有参加捕鱼，但阿权哥认为池塘是我们两家共有的，故捕得的鱼应该有我家的一份，并让我先挑选其中任何一堆。那时我蹲着看阿权哥分鱼，就没有挑拣，顺手要了离我最近的一堆鱼。阿权哥手上脚上还沾着池塘里的泥，脸上满是憨厚的笑容。

我家门前是一条河，池塘与河只有一堤之隔，在阿权家场角上的称东堤，在我家场角上的称西堤，堤均不长，但两家都在堤上插柳种树，因为阿青嫂说杭州西湖的白堤苏堤上也是这般的插柳种树。堤下有暗管与河相通，故阿权哥说这池塘里的水是活水。

河中间的水底下有一条泥堤。这条泥堤东高西低,向西延伸逐渐隐没河中。村里人说这条泥堤是龙脊。我们小时候在河里游泳,游到龙脊上站一站,水只及胸膛深。所以我家门前的河,河中间反而浅,靠两岸的河道反而深,远来载重的大船如不知道,往往就搁浅在这龙脊上。

我家门前的河西接老河塘江,东通邓镇的粮埠码头。每天有来来往往的船,船上人的面孔有陌生的也有熟悉的。他们匆匆来去,划船的桨声、摇船的橹声、撑船的篙声、拉纤的号声,都融没在这条小小的河里,黄昏的时候,融没在一河波光闪烁、如火如霞的夕照里。

当我长大成人时,有时看见一只小船从我家门前划过,船头端坐一位面容姣好的妙龄少女。看着小船漂然远去,心中竟有些许怅然。

青菜

有一次母亲有事外出，临行叮嘱三姐把菜籽落了。落菜籽时，三姐又是锄草翻地，又是敲泥削土，忙活了好一阵子，然后要我去把挂在屋檐下的菜籽拿来。青菜开花结籽成熟后，乡下人家都会把菜籽连同菜秆收割下来，用塑料布包了，与韭菜籽、萝卜籽一起挂在屋檐下。这菜籽就在枯萎的壳里，只要轻轻敲打，就会纷纷落种在泥土里。

几天后，幼苗长出来了，三姐兴致勃勃地去观看她的劳动成果，只见泥土里长出来青茸茸的一片，样子像一根根细小的鸡毛。我说三姐落的是鸡毛菜。三姐说：母亲留种的是青菜籽，怎么会是鸡毛菜？我说：大概是种子变异了，青菜变鸡毛菜了。母亲指着挂在屋檐下的菜籽秆说，你们落的是萝卜籽。

母亲落的菜籽刚长出来时，像从泥土里探出来的一个个圆圆的小脑袋，好奇地张望着这个对于它们来说还很陌生的世界。菜秧长大后，再拔下来另外栽种。拔菜秧前，先要把菜秧浇湿，拔时才不损伤根须。母亲种菜我浇水，浇水必须小心翼翼，轻轻地浇在菜秧的根部，而且要浇得慢，否则会把新种的菜秧冲掉。每次看见浇的水慢慢被泥土吸干的样子，我就仿佛感觉到菜秧的根须吸取水分时的那种愉悦。

三姐帮母亲种菜时，说双腿蹲得酸疼，让我搬个小凳给她，母亲说没有见过坐着板凳种菜的人，三姐回嘴说一直蹲着老了双腿会静脉曲张的。然而母亲直到现在双腿筋脉畅通，三姐倒是静脉曲张了。

秋天里的青菜，青青翠翠的很好看，但不好吃，叶和梗比较生涩硬伧，还有点菜腥气。入冬降了霜雪，天寒地冻，青菜萎靡不振，样子难看却味道酥润鲜甜。深埋在霜雪里的青菜，挖出来时叶上结满了冰凌和雪花，炒的这一碗菜就叫作冰雪菜，酥甜中还有清冽之味。

到第二年开春，青菜拔节欲开花。未开花时的花苞叫菜苋，摘一把嫩菜苋来炒，等于是在炒青菜含苞欲放的花。这时炒菜苋要特别留心了，说不定一边炒一边这菜苋就在锅里开花了，菜苋没吃着，倒是饱尝了一锅黄艳艳菜花的香味。

等到吃菜苋，青菜就快长老了。这时满地的青菜都要挑下来，放在场上和地里，晒得干瘪了，就收在家里的桌子底下门角落里，要摊开不堆在一起，否则青菜就发热发黄，腌出来的咸菜就不香。记得那时母亲让我帮她腌青菜，我赤脚站在一个大缸里，抱一堆青菜在脚下铺铺平，撒上一层盐用力踩，踩得青菜吱吱响，冒出菜汁和卤汁。然后再放一层青菜踩熟，直到腌满一缸，最后用两块石头压在缸口的青菜上。这样一缸咸菜可以慢慢吃一年。

我乡下人家吃青菜要从秋天吃到来年春天，从青菜吃到咸菜，不好吃时不抱怨，好吃时也不留意，只因为青菜是一年四季的家常菜，与我们的生活须臾不分离。青菜的味道是天下菜肴中最普通的，普通得没人会去多加品味，而这里面也许就有着人生的味道。毛泽东曾说，嚼得菜根者百事可做。明人洪应明写的《菜根谭》,应该就是对青菜与人生关系的一种阐发。至于那位把青菜画得既朴素又美丽的齐白石,一定也是咀嚼过青菜滋味的人了。

讲故事

冬晚睡得早，一时睡不着，我就要母亲讲故事。母亲就讲“老叫花子上小叫花子当”的故事，说的是小叫花子过桥时，把手帕里包的碎砖瓦片装作不小心掉进河里，然后坐在桥头哭，骗老叫花子说是金银宝贝掉进河里了，老叫花子问小叫花子叫什么名字，小叫花子说叫“都来看”，老叫花子脱下衣裤下河去摸，小叫花子就趁机把老叫花子的衣裤偷走了，老叫花子上岸不见衣裤就叫喊小叫花子的名字，村里的人闻声都来看，以为老叫花子不正经，就将他痛打了一顿。我说这故事已讲过多遍，不要听了,母亲就说我只有这一个故事,不要听就睡。

我只得钻在被窝里听屋子外面的声音。此时,屋子周遭已无各种虫子的叫声,不知道它们躲到哪里过冬去了。田野上空荡荡的,麦子地里浇满了黑黑的河泥浆,螺蛳在泥浆里爬出一道道弯弯曲曲的痕线,它们大概在寻找失去的河流。油菜和蚕豆还长得很矮小,它们的叶子冻得有点蜷缩,蜷缩的叶子里藏着明年春天的花朵。风在空旷的田野里吹来吹去,一直吹到我家屋后的池塘里,池塘里残留的芦苇簌簌地抖动起来。竹林里的鸟在黄昏夕阳中曾经吱吱喳喳地喧闹过,现在没有一点声息,它们蜷缩在自己的羽毛里睡着了吗?我听着想着就睡着了。

童年的时光是漫长的,母亲讲的故事却很短,而且讲来讲去只有这一个。父亲从来不给我们讲故事,因为他只有在节假日才回家,在家里也是不停地干活,而且他也许不是一个爱讲故事的人。大姐二姐三姐肯定给我讲过许多故事,这些故事也一定比母亲讲的要有趣,但时至今日,唯一能让我记住的竟然只是母亲讲的这一个老掉牙的故事,它与那些寒光斑斓的冬日黄昏和寒冷黑暗的冬夜一起,静静地停留在我的记忆深处。

◎ 脚圈和纺纱架

池　塘 ◎

脚圈

脚圈令我想起儿时生活。以前我家就有一辆脚圈，母亲用它来纺纱，有很多个黄昏，母亲坐在长凳上，用双脚踏动连着脚圈轮子中间的木轴，我拿个小凳坐在母亲对面，双手抓住木轴帮她踏动脚圈旋转，脚圈转动时嘎吱嘎吱的声音溅到四周的空气里，宁静的黄昏也就随之转动起来。

棉花摘下来后晒干，去镇上加工厂轧去花籽，搓成一根根棉花条子。在脚圈上装上两支锭子，踏动脚圈带动锭子不停旋转，将从棉花条子里抽出来的棉花线缠在锭子上，这就是我们乡下最原始的纺纱生产过程。

母亲是纺纱高手，一般人只能纺两根棉花条子，她却能同时纺三根棉花条子。她左手夹着三根棉花条子，右手拿一根压纱棒，双脚踏动脚圈转动锭子，随着脚圈和锭子的转动，左手从锭子处向外牵出一根根细长的棉花线，等到棉花线达到一定的长度，右手的棒随即往棉花线上一压，双脚就势一停顿倒转，抽出来的棉花线就缠转到锭子上了。母亲纺纱时看上去漫不经心，整个动作和节奏却是一气呵成，纺出来的棉花线又细又匀又结实，拿出去的纱锭有口皆碑。即使是心灵手巧的三姐，学纺纱也有好几年了，应该说得的也是母亲的真传，但纺出来的纱就没有母亲的紧密细匀，有时还会纺出一个个棉花疙瘩来。当然她只能纺两个纱锭，能一下子纺三个纱锭的人，在一个村里也找不出几个。

母亲纺纱总是纺得很晚，我帮她摇脚圈，摇着摇着就打瞌睡了。母亲就说纺了纱可以织新布，织了新布就可以做新衣服。我知道这纺纱只是第一道工序，后面的工序多着呢，纺好的棉线要刷浆固定、染色、摇筒子、经布、刷布等，最后才是上机织布，织出新布后还要请裁缝师傅上门来做。要穿上一件新衣，做得辛苦，等得也辛苦。

母亲和村里大多数妇女一样，白天下地干活，纺纱大多在夜晚，织布大多在下雨天，所以那时在我们乡下的客堂里，都会摆着一架织布机，那响在屋檐下的雨声，总是与织布声连在一起。大姐说，有一个冬日特别冷，我没有御寒的衣服，早上只能捂在被窝里，等大姐去镇上买来了衣服穿了去上学。母亲的脚圈可以纺出各种各样的棉花线，但织布机却织不出可以抵挡冬寒的棉布。

现在脚圈早已成了历史，只是我不会忘记：我们童年四季的美丽是它纺出来的。

男生女生

我念小学时，男女同学之间不太说话，同坐一桌往往会在桌子中间画一条线表示界限分明。一个男同学与一个女同学说话，其余的男女同学见了会偷偷地笑。我上小学的第一天，有一位男同学迟到。老师刚给我们分派好座位，那位男同学见所有座位已坐满，就冒冒失失就近挤坐在两位女同学同坐的座位上，引得课堂里一阵哄笑，这说明男女授受不亲是不用老师教的，连第一天入学的小孩也早已默契在心。我倒是喜欢那位男同学一脸无邪的表情和敢于一屁股坐在女生旁边的勇气。

记得我也曾与女同学同坐过一桌，好像桌子中间也画有一条线，不过这条线不是我画的，是别人坐过的桌子遗留下来的。与我同坐一桌的女生长得什么模样，是哪一个村的，我与她说过什么话，或向她是否借过橡皮和削铅笔的小刀，至今我都没什么记忆和印象了。

到三、四年级时，清明节前祭扫烈士墓，男同学从家里拿来竹片竹枝、铁钉铅丝，采摘来松叶柏枝，女同学去镇上买来五颜六色的皱纸，放学后就围在一起做花圈。平日里男女同学见面不说话，做花圈时就有片言只语的交流和不用言说的默契。大家都想把花圈做得好，不失自己学校的面子，又是难得男女同学在一起做，这花圈也就真的做得很漂亮。

我念初中时，班上男女生之间的交往就多了一些。我记得我们班有位男生很有女生的人缘，他穿的鞋据说是自己做的，每天早晨上好自修课，就有女生围着他的鞋子看，因为早晨走的路少，鞋子还是干净秀气的。我想如果鞋子是人的脸，一定会被看得红红的。

当时班上还有另外几位女同学与我们几个男生有交往，开始时互相借阅书籍来看，后来有几次放学后聚在一起，她们几个女生坐那头,我们几个男生坐这头,也记不得当时说了些什么话,那淡淡的交往,像小渠里流过的清清浅浅的水。

中学毕业后,班上几个居民户口的同学都分配了工作,而且大多分配到了川沙县城里。大部分农业户口的同学回到了所在的生产队务农,从此一班里的同学就再也无消息。

有一次我到川沙县城里装浆水,中午停船去城里吃饭,怕纤绳被人偷走故斜搭在肩上,天气炎热戴的是一顶破草帽,穿的是蓝色粗布衣,身上还有一股酸酸的浆水味,想起有中学时的同学在这个县城里,生怕被他们看见,就故意把帽檐压压低。后来果真在一家点心店看见了一个女生,她在窗口里面卖生煎,我寻个角落坐下来,匆匆吃完就悄然离去。想想难得上一次县城,这顿饭吃得真是不太有滋味,但走在大街上好轻松,满肩满身都是梧桐树影和太阳的光点。

燕子飞来

记得是一个下午，几个小孩在我家客堂玩“正月十五烧茅草”，以为客堂里的柴也可以烧来玩，就点出了一场大火来。当时就惊动周遭的乡亲来救火。我的大表哥在河塘西，远远看见我家屋顶上冒黑烟，扔下手里活就与一帮年轻人跑过来，顾不上找船渡河，也顾不上初春河水冷彻骨，扑过河塘江来救火。其中有个年轻人，一肩就把我家客堂里的一条小木船扛出来，那条船少说也有四百斤。大表哥的头上被摔下来的瓦片砸了个大青包。我娘死抱着樟木箱从阁楼往下跳，幸好只是碰破了额角。

村里人说那个樟木箱里肯定有金元宝,我后来知道那只是我娘自己织的几匹老粗布。

由于众人救得及时,火只烧坏了房屋中间的客堂,客堂的屋顶全部开了天窗,只剩下三根焦黑的木梁孤零零架在空中,客堂前后墙壁也已推倒,客堂间里场头上全是烧黑的草木灰和砖瓦砾,还有满地乱流的水和烧焦的气味。

客堂是我家与东隔壁阿权哥家所共有。由于是东南风,火往西边烧,我家比东家受损要严重,连着客堂的我家屋顶被火烧损了一角,晚上有风吹进来,也有月光照进来,亮亮的、冷冷的,虽是初春却萧瑟,我虽然年少不懂事,但蜷缩在床头,免不了心中有一丝悲凉。

其时我父亲在非洲一个名叫加纳的国家援外,厂里领导叮嘱我们写信时不要把此事告诉他,免得他在外不安心。厂里随即派来了一帮工人师傅,他们说是我父亲的朋友和同事,有的说着上海城里话,有的是外乡口音,也有的是我们本乡本土人。他们来来去去一星期,不吃我家一口饭,不要我家一分钱,也不分东家和西家,把烧坏的房子修复得齐齐整整。他们说三根木梁是好木头,只烧坏了表层仍旧可以用。所以我家客堂是新砖新瓦新门新檐子，只有三根正梁黑糊糊的留下了火烧的疤痕。

我家客堂每年燕子总是来做巢。等到春暖花开燕飞来，那燕子不嫌我家客堂木梁黑与焦，仍旧衔了新泥筑新巢，那呢喃声就经常响起在客堂里和屋檐下。

端午节

我们这边乡里人过端午节与纪念屈原自沉汨罗江无关，也不讲白娘娘与许仙的故事，只是家家户户摘芦叶包粽子而已。

乡下只要有河，河边就长芦青。这芦青从来无人种无人管，却长得密密麻麻，又接近水，故又长得青青翠翠。

其时芦青已长得人高，看看一根芦青上长了十几张芦叶，要包粽子的人家从来不急着去采摘，或在收工时顺手摘几把，或在包粽子前去摘来也不迟，用清水毛巾擦一擦即可用，包至最后缺了几把芦叶，就随包随摘。这芦叶就在河浜边长着，就像长在手边一样随时可取。

扎粽子用的是稻草，稻草是去年的，削去外壳，留下一根根白亮的稻草芯即可替代丝绳。如果是陈年稻草，削出来的稻草芯就黄脆，也就不牢，一用劲扎就断了，不像白亮的新稻草芯有韧劲和香气。

我家里包粽子时稻草芯要削一大捆，与芦叶和糯米一起放在团箕里。母亲边包粽子边说谜语让我们猜，说的是“远望南山节节高，拿起伊来做蹊跷，珍珠玛瑙捏一把，拿根丝线束我腰”。我的外甥桂涛就猜是青蛙，因为他平时看到青蛙就喜欢用手去捏捉。

母亲包的都是小脚粽，隔壁阿青嫂包的是长脚粽，像跳芭蕾舞女演员的长脚，我叫母亲也包长脚粽，但母亲包来包去包出来的还是小脚粽。

母亲包的咸肉粽是咸肉拌马兰头干，马兰头是我姐去田埂上挑的。鲜马兰头用水煮一下，放点酱油和盐就能当菜吃。如果用水煮一煮捞起来晒干，放在饭锅里蒸一蒸，吃起来有鲜马兰头的原汁原味。马兰头干与咸肉一起包在粽子里，剥出来尖端和底部是腻腻的白，腰部是斑斓的红褐色，衬在青黄的芦叶上就似乎成了名贵的玉器。我最喜欢吃的是红枣和花生夹在一起包的白糯米粽,吃起来有红枣的甜、糯米的腻和花生的脆,但往往剥开来的是高粱和赤豆粽,因为这一类粽子母亲包了一大半,她自己就拣这一类我们不要吃的粽子吃。

夏天过去了

夏天里最高兴的事是放暑假。从暑假的第一天向暑假的最后一天望去，暑假如一条长堤向远方伸展，掩藏在绿杨柳荫之中。从学校拿回来的成绩报告单早已扔在一边，成绩报告单带来的喜悦或懊恼也早已忘得一干二净。花花绿绿的暑假作业本里有一个奇妙的世界，里面的故事都是第一次读到，味道就像母亲刚蒸出来的白面馒头；里面的谜语引得哥哥姐姐都来猜，无论猜对猜错都会在村子里流传；里面的数学和语文题目做得出就做，做不出就让它空在那儿。每天早晨醒来，想想不用上学，好像拥有了好多自由;想想暑假还很长,好像拥有了一笔小小的财富。

夏天里高兴的事还有游泳。夏天是一个游泳的季节,我和村里的小男孩们游泳一般一天要游两次,一次是大人允许的,一次是偷着游的。偷着游的一次为了不让大人知道,一般不穿短裤。游泳喧闹时,村里的小女孩们会来看。临到游泳结束,领头的男孩会对岸上的女孩们说,我们要上岸了!女孩们就一哄而散,霎时不见踪影。男孩们上得岸来,水珠在黝黑的皮肤上闪闪发亮和滚落,未发育的身体像未拔节的麦子一样稚嫩秀气。我们急急慌慌穿上短裤,短裤上满是水渍,河坡的草地上也留下了一片片水渍,很快在阳光和风里蒸发。立秋后就不能下河游泳了,大人说:“秋水沾沾,人像竹管”,说的是秋水已凉,人着了秋水之凉会生病消瘦。

夏天里高兴的事还有捉蜻蜓。早晨去河边砍一根芦青,去掉叶,在芦青头上扎一个三角框,跑到屋后去卷蜘蛛网。蜘蛛网都是蜘蛛新织的,丝又长又黏,卷了七八个后三角框就成了一个又黏又厚的网,可以用它去粘捕蜻蜓。

我们乡下蜻蜓有好几种,牛粪蜻蜓下雷雨前飞得满天都是,拿一根长竹竿在空中乱挥准能打下好几只。这种蜻蜓个儿小,不好看,懒得去捉。青眼青翅的麦蜻蜓,长得健硕有力,飞起来迅捷无比,停在路上和麦穗上可以用网去粘捕,停在竹篱笆或木桩上,网向下一压就会被篱笆和木桩戳破,所以要空手去捕捉。从蜻蜓后面蹑手蹑脚接近它,轻轻伸出手臂,突然用三根手指捏住它的尾巴,它一个翻身就扑在手掌里了,双翅还在拍打挣扎。绿眼绿翅的蜻蜓,像童话世界里的公主一样高贵和少见,它来去无踪,当你发现它时已挂在一根树枝上,它不像麦蜻蜓是平停的,而是垂挂着,用网去粘它时紧张得心怦怦跳,因为它太美丽了。网轻轻贴上去,它的翅膀一打开就被粘住了。如果捉不到它也不惋惜,看着它飞去直至消失在田野远方,心中会有一种释然和梦幻般的神往。

夏天里最讨厌的事是做家务。夏天农事忙,特别是割早稻、插后季稻秧时节,母亲和姐姐每天都是早出晚归,这样我就要烧早饭和晚饭。烧的大多是麦粉粥,烧到水将沸时就倒一碗麦粉进去,一边倒一边用筷子搅匀,否则麦粉会打成疙瘩。麦粉粥烧沸了易涨出锅外,要经常揭锅盖放跑热涨气,否则会涨了一灶头,这粥就没了成色;如果加了水再烧,粥就更薄且有水腥气。粥烧沸后要闷一闷,过一会儿再烧一把柴称煎麦粥,这米就全涨开了，麦粉也稠而有黏性。

烧好早饭，把鸡鸭从棚里放出来，羊要在草上露水干了再牵出去，否则吃了湿草会拉稀。猪已饿得咕咕叫，我就扔一把草在猪棚里，等母亲回来淘猪食。

早饭后母亲她们又去上工，我就洗碗刷锅清理灶头，把水缸的水脚舀干净，用板刷和清水把缸底缸壁擦洗一遍，然后从场头的水井里吊水盛满缸。水缸盖拿到河里洗一洗，放在日头里晾晒干。灶头上放油盐酱醋的瓶瓶罐罐全部揩干净放整齐，房间里一家人的衣服全都折叠好，屋内外场地扫干净。

早晚饭的菜只是萝卜干。中饭的菜等母亲她们回来烧，或者是炒茄子，或者是炒丝瓜……摘茄子时我的手会被茄子尾部的芒刺刺痛，摘丝瓜时我会看一会儿丝瓜花，丝瓜花长得像刚炒熟的鸡蛋，看了很解馋。

临近傍晚要去割草，此时太阳的光线已柔和多了，但割草时背上还觉得有太阳。女孩子割草时爱玩斗草游戏，挖一个坑，放入各自割的草，站在远处扔镰刀，扔到坑里的草上就算赢。

晚霞染红了西边的河塘江时，就要赶鸡鸭进棚。鸡比较容易赶进棚，因为它们的活动范围就在屋前宅后，只是也有被赶急了慌不择路钻进竹丛和芦苇丛的鸡,任凭你千呼万唤也不肯出来,只能诅咒它被黄鼠狼叼去,但第二天早晨它又若无其事地出现在场角上。老鸭是不用赶进棚的,到黄昏时,它自己就摇摇摆摆地回来了。新养的鸭子最难赶进棚,因为它们喜欢到河里去觅食和嬉戏,而且会一直向远方去探险,直至傍晚还不想回来,即使回来了还赖在河里不肯上岸。所以新养的鸭子要圈养一段时间才敢放出去,而且必须要每晚赶进棚,直至它们完全熟悉了路径和养成早出晚归的习惯。

鸡鸭赶进棚了,羊牵回来了。我把两条长凳搬出来拼在一起,周围摆好几个木板凳,把粥盛好端出来放在长凳上,听东边的路上响起母亲她们回来的声音,此时已是星月满天了。

一天又一天,夏天就这样过去了。夏天里高兴的事,似乎是可有可无的;夏天里讨厌的家务活,却是必不可少的。这就是夏天教给我渐渐明白的生活的道理。暑假结束了,我们回到了阔别已久的学校,操场上长满高高的杂草,教室的玻璃窗上积起厚厚的灰尘,操场和教室已经寂寞了好长时间。男女同学都晒黑了、长高了,每个人的脸上似乎都少了一分稚气多了一分成熟。邻桌的女生怯生生地看我一眼,似乎她和我是第一次认识。

钓鱼

我小时候经常去钓鱼，因为我想改善一下我家缺肉少鱼的伙食。但在母亲眼里，我去钓鱼只是一种贪玩而已。她从来不认为我是一个能钓到鱼的人，这可从她常说的“别让鱼把你钓去”这句话中听出来。

我每次怀着必要钓到鱼甚至是大鱼的希望去钓鱼，但往往事与愿违，别说大鱼没钓到过，就是钓到的小鱼也为数极少，更多时候是空手而归。这一切似乎都在母亲的预料之中，这可以从我每次钓鱼回来时她的微笑中看出来。当然，她的微笑有时会含有一点嘲讽，但更多的是宽容。

我那时没有像样的钓具，钓竿就是一根竹竿，上下几乎一般粗，是从母亲搭棚架剩下来的一捆旧竹竿里挑拣出来的。鱼线是小伙伴送的尼龙线，有绿色的也有白色的，听人说白色的好，与水的颜色一样，鱼看不清楚，容易上钩。鱼浮子是用鹅毛管做的。有时鹅脱毛时会落下几根鹅毛管在场地上，这样得来全不费功夫。有时要偷偷去拔，鹅遇到这种事往往是不情愿的，惊叫着四处逃遁，似乎它的羽毛管真的很珍贵一样。有时要等过年杀鹅之时，那鹅毛管就多得一点都不稀罕了。至于钓钩，是从镇上买来的。一开始用的是大头针，只能钓一两以下的鱼，稍大些的鱼一拉出水面，原来弯成钩的大头针就拉直了，鱼也随之掉入水里，让人白欢喜一场。

通过钓鱼，我知道了鲫鱼吃鱼饵时，鱼线上的浮子先沉下去，然后再回浮上来，待再沉下去时就可以掣起鱼竿，但我往往掣空，我怀疑鲫鱼的嘴太小，鱼钩太大，两者比例不对。最可爱的是鲶鱼，嘴又宽又大，整个头部也等于是它的嘴部，它一口吞下鱼饵就会游走，浮子一下子沉没得无影无踪，掣竿慢了已把鱼钩吃进肚里去了。柳条鱼等小鱼吃鱼饵是啄的，一啄浮子就一动,等动了十几下,浮子就不动了,提上来一看鱼饵已经啄光了。有人说大鱼吃鱼饵也是类似小鱼一啄一啄的,我好像没有遇到过。最可恼的是小石鱼,啄起来没完没了,让你忙个手脚不停,好不容易钓上来一条,却是细小如针、白亮得几乎透明的小石鱼,睁着大大的眼睛,似乎因为第一次看见这水以外的世界而吃惊不已。

我有一次钓鱼,浮子半天都不动,就把鱼竿收上来,发现鱼钩上钩着一只大闸蟹,不过是软壳的。还有一次我把鱼竿放在我家的水桥上,烧了晚饭再来看,浮子早已沉没了,拉鱼竿时发现有鱼咬钩了,这鱼劲很大,我一拉,它一挣,鱼线就一下子绷断了。我对着河水出了一会神,知道自己也总算遇见了一条大些的鱼,只是我并非它的对手,它轻而易举地就把我的破破烂烂的钓具摧毁了。

村里正宗钓鱼的人是老 K,他在外地工作,春节回来休很长的假。他有一套考究的钓具,钓鱼竿细长细长的,一节节可拔长可缩短。他掣起一条鱼时,鱼竿从梢到腰弯成一张弓,鱼线绷紧,水花四溅,那鱼飘然出水在空中画出一道弧线落到岸上,估计那鱼虽然被钓感觉也会很爽。他总是饶有兴味地坐在河岸上,或看看浮子,或与过路人搭话和攀谈,或悠然抽烟,没有一丝倦意。他人矮背驼,坐在河边,草和芦苇好像都比他高,我总担心大鱼咬上他的钩反而会把他拖下河去,应了我母亲说我的那句话。

我钓鱼虽说只是为了鱼,却也喜欢钓鱼时的那一刻清静。钓鱼之时,听远处村庄里的鸡犬声是静的,田野上牛耕地的声音是静的,小渠里放水的声音是静的,连行人说话和咳嗽的声音也是静的,仿佛一声声都掉进路边的麦地和油菜地里去了,然后被湿润的地气吸得一丝不剩干干净净。每当此时,我就想象远处水里有一条大鱼正悄然游来,它会咬我的钩了。

窗帘

我小时候不记得有窗帘，只因我们乡下人家穷，如果有钱剪布料肯定先做衣服穿，不会买块布挂在窗上。我家屋子共有三个窗口，一个是南窗，就在灶旁。每天烧饭时，灶上锅里的热气就从南窗里飘出去，所以乡下的炊烟远看从烟囱里出来，近看是从窗里出来，烟囱里出来的是柴禾气，窗口里出来的才是饭菜的香气。因此猫也总是在这窗里出入，先从外面的壁脚上跳到窗台上，再钻过窗上的木栏栅走到灶台上，如果主人在，就装作若无其事地再跳到地上，似乎对灶上锅里的食物毫不动心。

另外两个窗子都开在西墙上，一个在前面的灶间里，一个在后面的房间里，因为我们乡下人家以前都是半房半灶。灶间里的那扇窗不用玻璃，是用一扇薄木板扯来扯去，就像现在的移门，但它基本上一年四季是开着的。那时的夏天也没有现在这么热，在灶间里烧饭时，往灶膛里塞几把柴后站到窗前，还能享受从庄稼地里吹进窗来的凉风。

房间里的窗不大，因为我们乡下历来讲究的是暗房亮灶。西屋檐下一直是要堆放柴草的，母亲堆放柴草时，特意在窗口处留出一个空档，以不遮挡光线和视线。

小时候我不敢睡对着窗口的那张床，因为我怕在窗口里看到什么骇人的东西。那张床先是大姐睡，大姐出嫁后是三姐睡。我长大后不能再和母亲和姐妹们睡一个房间，就睡到屋后的偏间里去。偏间是顺着屋后檐搭下来的，所以很低矮，开的北窗很小，离地只有二尺左右，往窗外看，要弯下腰去或蹲在地上。窗子虽小，但看出去依次是树木、池塘、田野和更远处的村庄。虽然田野上风吹草动，天低云移，但从这窗里看出去一切皆有静意，而且只有我每天从这里向外看，从来没有一个人会从这窗外向我屋里看，虽然这小窗上同样没有窗帘。

三姐出嫁后,有时妹妹外出做工不回家,怕母亲寂寞,我就睡在大房间大姐和三姐以前睡的那张床上。有时半夜醒来,我会发现月亮正好对着窗口,直接照在床被上和我的脸上,或圆润如盘,或妩媚如眉,由此我知道李白写出"床前明月光,疑是地上霜"的诗句,也是因为窗上没有窗帘的缘故,同时我也明白了为何大姐和三姐都喜欢睡这张床。

在我家屋顶上还开有一个天窗,只有两张瓦片那么大,就在阁楼的上方。偏间未搭建前,有一段时间我就睡在阁楼上,我的床正好对着天窗,白天能看天上的云和下的雨,晚上能看星星和月亮。有时会有一只猫的脸贴到天窗上来,而我正躺在床上看书,就随手把书扔到天窗上,虽然隔着一层玻璃,猫还是吓得一蹦好高,匆忙逃离,我不由得笑起来,我就想天窗上倒是应该装上窗帘,窗帘布上应该画上几条鱼,这样对猫的智力开发也许是有益的。

野猫瓜

每年春上,母亲总要在屋前或宅后留出一小块地种瓜。

过了清明谷雨,一小块瓜地已是藤长叶茂,我们就经常去看瓜叶下开的花,数有几朵雄花几朵雌花,因为母亲说雄花不结瓜,只有雌花才结瓜。

夏天瓜熟,母亲和大姐中午从地头收工回来,身上还带着炎炎夏日的火烫热气,顾不上擦汗洗脸,就先去瓜地里摘一个瓜来,摸摸瓜也是炙手可热,去井上打一桶水将瓜沉浸其中,待中饭后,瓜已冷却,由母亲或大姐操刀切开,不多不少总是每人一瓣。

我母亲一般不种黄金瓜和青皮甜瓜,大多种的是菜瓜和黑瓜,菜瓜皮青白,又叫“唐白皮”,多汁味淡,母亲种来大多是腌成酱瓜当早饭菜的。黑瓜颜色深黑,蹲在瓜叶丛里像一只野猫,所以我们叫它野猫瓜,虽然没有甜瓜甜,但开出来瓜汁淋漓流淌,瓜瓤嫩黄,吃起来又爽又脆。

我家种的瓜是一个个熟的,哪个瓜什么时候熟,我们心里都有数。有时候是天天能吃上一瓣瓜,有时候要隔上两三天,因此我们也能明白母亲不种甜瓜种野猫瓜的心意:甜瓜个儿小,虽甜但难切开分来吃;野猫瓜个儿大,虽甜性不足但每人能分到一瓣。

我们姐弟几个自小吃东西不嫌多少和好坏,对母亲和大姐切的瓜,也不管瓣大瓣小,随手拿过来只管吃。只是我妹妹有一次嫌她的一瓣瓜小,惹得大姐生气,当场把那瓣瓜扔到屋后的池塘里,妹妹委屈了一会也就不再哭,但往后再也不嫌瓜瓣小。

菜饭和白米饭

人民公社时，我还小，不懂事。有一次中午吵着要吃白米饭，硬要把母亲从食堂里领回来的一锅薄粥倒掉，后来是烧饭的来根姆妈拿出一根绳来说要把我绑起来，才吓住我不再吵。这件事我长大后一点印象都没有，是听来根姆妈和我娘说的。

那时候，我们村里人早晨拿碗舀米，听见碗碰到缸底响就心惊。我母亲为了上季米接着下季米，就经常烧菜饭给我们吃，而且永远是菜多米少。吃得最多的是红萝卜饭。红萝卜除了自家种还去集镇上买。每到春上，母亲划一条小船，一买就是一大堆。最远的一次到南汇镇，母亲天蒙蒙亮出门，天漆黑了回来，划船划得胳膊都瘸了，好几天抬不起来。

红萝卜饭吃得早已没了感觉，其他菜饭也不敢恭维。白萝卜饭应该是和尚吃的，只是清淡寡味，如鲁智深所说嘴里淡出鸟来。茄子饭是一搭烂，吃得人无精打采。最难吃的是白萝卜叶饭，叶梗上有白色的芒刺，直哽人的喉咙。来不及烧饭吃的鲜白萝卜，洗净后像出浴的白美人，切成长条块晾晒在芦席上，晒干后就成了萝卜干，封装在坛子里成为日常生活中的早晚菜。有时中饭无菜，也就拿它来下饭，直要把人的眼泪和离家出走的念头吃出来，可是母亲却说，萝卜干吃饭一条心。

扁豆饭是秋天里常吃的菜饭。扁豆有青、红、白三种颜色，青白如玉，红如玛瑙，青嫩时连荚带豆烧饭吃，老了时光剥它的豆烧饭吃，且要在饭锅边蒸上一圈切成片的山芋，锅盖揭开，热气蒸腾，山芋和扁豆的香味馋死人，如果再炖上一碗蛋汤和红烧肉，就不会对母亲说多吃无滋味了。

扁豆花是乡村里最艳的一种花，秋阳点着了它，它就在棚架上、篱笆上、墙上树上到处燃烧。它又开得静涩，像秋天黄昏倚在门框上羞涩的姑娘。但它又不是花，没人注意和欣赏，就像我们乡里人的命运、爱情和生活，悄无声息地热烈和简静。知道它的也许只有秋风，把它吹落，送给流水和土地。

当然扁豆花不能做成菜饭吃，能做成菜饭吃的是黄花郎，黄花郎又名蒲公英，它开的花飞到哪里，明年就在哪里长出一丛黄花郎。母亲说黄花郎是清热解毒的，可是我说身体里有那么多的菜饭，还有什么热毒可解的？

菜饭我总的是不爱吃，要是让我选择，我宁愿选择白米饭和炒青菜，也不愿选择任何一种不分青红皂白，把菜和米搅和在一起烧出来的菜饭。这让母亲痛恨和唠叨不已，但她每次烧菜饭总是多挖出一些白饭给我。

只有南瓜饭是例外，我能吃得津津有味、安分守己，不对其他食物有奢想。这让母亲惊奇不已，并且每次烧南瓜饭都兴致勃勃。

鸡蛋和鸭蛋

我小时候，孵坊的人挑着草筐出来卖雏鸡鸭，母亲就会买几个来饲养。正是开春之时，雏鸡鸭还不经冻，母亲把它们放在一个大脚盆里，盆底铺着稻草，夜里用竹筛子罩盖，上面压一个板凳，既避寒又防野猫子。白天就端出去放在太阳里，切一些菜叶，拿一些米屑喂养它们。雏鸡鸭毛茸茸的，眼睛黑亮，嘴里发出叽叽喳喳的叫声，比鸟的叫声尖一些，且是单音，不像鸟声的婉转。对这些雏鸡鸭，母亲只许看，不许用手摸捉，说是人的手有冷暖，会让雏鸡鸭感到不适。

雏鸡鸭是分不出雌雄的，即使是长期在孵坊里干活、出来卖雏鸡鸭的人也分辨不出，等到雏鸡鸭长出翅膀，雌雄就立判了，雄的毛色鲜艳多彩，雌的毛色朴素单调。我想这鸡鸭雌雄的毛色与人类男女的服饰刚好是反过来的。

虽然雏鸡鸭看不出雌雄，但我知道母亲在挑选它们时，心里想的一定是多挑到雌的雏鸡鸭，因为雌的鸡鸭长大后能下蛋。鸡鸭蛋是一个家庭必备和必需的，比如来了客人拿不出好东西来招待，总可以烧出一碗水潽鸡蛋来摆摆场面；有亲戚病了，没钱买麦乳精和水果罐头，可以拿了鸡鸭蛋去探望；男人喝酒一时没有菜，可以炒几个鸡鸭蛋来下酒。只是我与母亲的想法不一样，希望雄的鸡鸭多一些，因为雄的鸡鸭长大后只是白费粮食，除了留一只公鸡除夕祭祀时用，其余的均会被宰来吃。只是我不敢把这种想法说出来，怕母亲说我没出息。

母鸡鸭第一次下蛋时，没有固定的场所，它们随随便便就把蛋下掉了，或下在别人家的柴堆旁，或下在河边的草丛里。所以你走路或划船时，偶尔会捡到母鸡鸭新下的蛋，鸡蛋是鲜红的，鸭蛋是鲜白的。当然你不能刻意去捡，因为偶然捡到是天趣，刻意去捡就是贪心了。我们南宅上就有一个人，母鸡要下蛋时，他在旁边迫不及待地用手去挖,其实母鸡下蛋是不需要助产婆的,而且别人发现这鸡并不是他家的,于是他从此就得了一个“挖鸡蛋”的绰号。

处在生蛋期母鸡的脸一直是红红的,我觉得生第一个蛋可能还有点害羞,生了这么多的蛋就不应该这样害羞了。生蛋母鸭的脸色平静如常,只是鸡有脸颊,鸭子几乎没有,它的嘴巴太大太长,几乎把它的脸占尽了。

有公鸡的宅村,母鸡下的蛋叫有雄蛋;没有公鸡的宅村,母鸡下的蛋叫无雄蛋。只有有雄蛋才能孵化出小鸡雏来。为了收购到有雄蛋,孵坊里来收蛋的人会捉一只公鸡来寄养在没有公鸡的宅村上,下次他来时就能收到有雄蛋了。此时这个宅村上的母鸡脸都红红的,这次不是因为下了蛋害羞,而是因为经历了爱情。

捉蟹

我那时读东宅上介民写的一篇文章，一开头就是“今晚很好的月光，月良和阿宝捉蟹去了……”，觉得里面真是有一种美的，只是朦朦胧胧地说不出来。后来看到鲁迅先生写的“今晚很好的月光……”之类的句子，反而觉得没有小时候初读的新鲜，因为介民写的月光就在我们身边，先生写的月光毕竟离开我们太久远，而且捉蟹的月光带着乡土的亲切和温暖，先生的月光带着旧时代的阴冷和苍凉，当然先生描写的月光有着深刻的寓意，非我们乡下秋夜捉蟹的月光浅白可比。

我们小时候去捉的大多是石蟹。石蟹小的只有纽扣大，大的也只有手表那么大。石蟹的形状与大闸蟹是一样的，只是永远长不大。这可能也是叫它为石蟹的原因，因为在我们乡下，“石”有时表示的是“小”的意思。

石蟹生活在水里，它的洞穴却在河岸上靠近水边的地方，洞口麻糙有蟹爪印，还有一小堆泥，形状如云。如是又湿又黏又黄的新泥，说明是新居。如无新泥，可能以前是鱼洞，河水小了露出水面来，石蟹暂用来栖身。

摸石蟹要提防它的两个钳子，一不小心就会被它钳出血印甚至流血，所以要轻轻触摸它，手指贴着洞壁从它的背上方压住它，然后慢慢拉出来。也有用水灌洞的，但它不怕水，偶尔爬至洞口水面，只露出两个眼睛来窥探，像两粒竖起来的赤豆，刚想伸手捉它就又缩回洞里去了。也有用一根铅丝来勾它的，它就会用钳子钳住铅丝，也许它把铅丝当作人的手指了。只是还未来得及勾出洞来它就放弃了，可能它的大钳有点缺钙，或者它觉得没有趣。

我摸到的石蟹总是放在一只碗里，用另一只碗盖住放在饭锅里蒸，先是听到蟹脚沙沙爬动的声音，后来就悄无声息了，揭开碗盖看时蟹壳已渐渐变得黄红了。

大闸蟹据说是按季节和顺潮汐而来去的。它的洞在水深之处,一般我们不会去摸。会摸大闸蟹的只有我们东宅上阿龙哥一个人,他在春夏季节拿了一根铅皮做成的长长的管子,里面是空心的,选取大闸蟹来往较多的几条河浜,用管子在水下面打了许多洞,然后划了一条船或直接下到水里去摸蟹,他摸蟹专门用一根钩子,钩住蟹的身子,把它从洞里钩出来。

据阿龙哥说,打蟹洞要选择硬黄泥河段,洞上方有芦竹丛或草丛遮荫,这样的河段打的洞一般可保留三年,因为硬黄泥地不会坍塌。打一个洞可捉三年的蟹,这些黄泥地河段可真成了阿龙哥的摇钱树。阿龙哥还说,打了洞就必须天天去捉蟹,因为蟹的习性喜打洞,即使是进了现成的洞,它仍然会打洞。如果一天不去查捉,它就躲进自己打的横洞里去了。故从 6 月半起,阿龙哥每天去自己打的洞里摸蟹,一直到 10 月初天气凉下来,这洞里就不留蟹了。

蟹也有钓的,大概是用蚯蚓做诱饵的,我没有钓过,也没有看见别人钓过,想想蟹的嘴是那么小,要让它上钩不是一件容易的事。我看见乡下钓甲鱼是用猪肝剪成一小块串在钩子上,连同一个小筐放入水中。钓鲤鱼是把一根削好的竹针弯成弓形，针尖上刺住一粒浸得胀胖的大麦，放入水中，称为下麦钓。钓黄鳝是用一根芦头拴上一根线，线上系一根针，针上穿上蚯蚓，插在水田头或河浜边。下钓一般是在傍晚，隔天早晨来收，谁下的钓谁来收，没人会去收别人下的钩子和咬钩的鱼鳖，只是问钓鱼钓鳖的人今天运气如何，然后扳住他的鱼篓子看。

至于到了摘棉花的秋季，乍起的西风吹得蟹脚痒痒的时候，村里很多男人吃过晚饭就划船出去捉蟹，那已经是生计使然，虽然如介民文中所写的那样月光很好，但捉蟹人的心思却已经是在蟹上而不是在月光上了。

黄瓜和酱缸

黄瓜秧开始爬藤时，母亲就叫我与她一起搭棚。棚是用芦竹搭的。芦竹不是我们本地的植物，不知何人何时从何地引进来，就长得满世界都是。从春天到秋天，田野上只要有风，就满耳朵是芦竹的声音，到冬天砍光后，第二年就会长得更多更密，年复一年就不可收拾。砍下来的芦竹除了当柴烧，大多用于搭棚架。乡下人家没有芦竹之前搭黄瓜棚、丝瓜棚，大多用的是竹子，但种竹子的人家毕竟少，所以芦竹似乎就是为了我们乡里人搭棚架而生的，但我也看不出乡里人对芦竹有多少喜爱，大概真正的喜爱是在平平常常中,连自己也不会感觉到。

棚架搭得与母亲一般高,藤就天天顺着棚架向上爬。四月里,棚上已开满小小的黄瓜花,一朵花褪落就结一条小黄瓜,第一批黄瓜生在棚架脚下,大多挨贴着土地,下雨时会有细小的泥浆溅在黄瓜身上。

黄瓜身上有小小凸起的刺,有白刺和黑刺,我小时候爱拣黑刺的摘,因为听人说黑刺的甜。棚架上的黄瓜长得大大小小、弯弯曲曲,每条都不一样,但母亲却能记得每条黄瓜的样子。嫩黄瓜母亲从来不让我们摘,嘴无论多馋也一定要熬它长到七八成。第一批黄瓜中长得最大的几条要留种,母亲拴上一根稻草作记认。端午节母亲一定会为我们每人摘一根黄瓜,说是这一天吃了黄瓜眼睛亮。

到了秋天,黄瓜藤枯叶黄,藤上只剩下一些缩头缩颈的老黄瓜,尾部大,头部小,像个垂钓的钩子,乡下叫作狗头黄瓜。其时母亲早已摊好一张大面饼,掰成一块块放在一只钵头里,面饼发酵后,倒入烧熟的酱油和甘草,每天搬到太阳底下去晒,早晨搬出去,晚上搬进来,约一星期后就成了酱。黄瓜入酱缸前,先洗净剖开去掉籽,放在太阳下晒得软瘪瘪,在酱缸里酱上几天就可吃。

我家酱缸就放在门前场头的砖堆上，砖堆前面就是庄稼地，高粱的叶子被风一吹有时还拂到酱缸里。酱缸天天风吹日光晒，还有蜜蜂、蝴蝶、蜻蜓、苍蝇以及各种各样的小昆虫在上面飞，酱出来的黄瓜、菜瓜、萝卜干、茄子干、西瓜皮却鲜嫩甜脆别有风味，我想一定是这酱缸里汇聚了天地万物的清气和灵气。只是这缸酱不能受雨淋，雷阵雨前母亲总是急着先把酱缸端进家。但有时晚上会忘了把酱缸搬进屋，这酱缸就一夜露宿在外面，月光和露水也就一齐到了这酱缸里。

高粱

下过雷阵雨后，满田野都是新雨过后的水汽和湿润的泥土气，青蛙的叫声很清新，像刚刚开始绿的荷叶。高粱被雨前风刮得东倒西歪，叶上秆上穗上水珠淋漓，披头散发像个野村姑，狼狈的样子令我看着很开心。母亲看不惯我幸灾乐祸，大声叫我去帮她扶绑高粱，高粱此时已像喝醉了酒，向东扶就向西倒，我心里说这扶不起的阿斗扶它干什么，但看看母亲额上已有汗，也就加快手脚帮她扶绑。

我小时候不喜欢高粱，喜欢甜芦粟。高粱和芦粟同时种，秧儿一模一样难分辨。我总是问母亲，种的是高粱还是芦粟，母亲说是芦粟，我浇水就满心喜欢，说是高粱，我浇水就不起劲。高粱和芦粟长大后，就能区分出来，高粱叶中间的一条梗是白的，芦粟叶中间的一条梗是青的。这一青一白也许就是基因，决定了高粱的秸秆只能当柴烧，芦粟的秸秆甜如甘蔗能解我们童年的馋。

高粱成熟已是夏秋，每个穗都是红彤彤的，好像喜鹊争着来向母亲报喜。母亲的脸也是红彤彤的，是被太阳晒红和高粱映红的。母亲钻进高粱地用镰刀割下高粱的穗，姐姐和我帮着把一堆堆高粱穗抱回家去。高粱地里密不透风、闷热异常，高粱叶直刺人的脸。高粱地里最多的是癞蛤蟆，大概它们觉得高粱地是阴凉的。我的朋友小三和尚天生怕癞蛤蟆，他母亲一叫他到高粱地帮忙，他就提心吊胆察看癞蛤蟆的踪迹，一看见癞蛤蟆就拔腿而逃，任其母亲恶声怒骂也决不就范。我有点妒忌小三和尚的天性，只是我知道，此时拔腿而逃虽然很爽，晚上他回家就会不爽了。

高粱成熟的日子也是芦粟长得最甜之时。只是母亲将芦粟种在高粱地旁边，种它们时也偏心：高粱种得多，芦粟种得少。

这样就使有的芦粟受了高粱的影响,长得越来越像高粱,吃起来软绵绵干巴巴没有甜性和水分。我想反过来种该多好,这样种的高粱就全变成芦粟了。母亲曾经说,芦粟通气利尿能治百病,江湖郎中如果看见宅村上种满了芦粟,他就不会上门来问病问诊。我对这种说法颇为怀疑,我不信就凭我们宅上几根稀稀拉拉的芦粟,就能把江湖郎中吓走。

母亲种的多的还有玉米,我相信如果不是自留地太少,她会把高粱和玉米种成一座森林。但是比起高粱来,玉米还是比较招人喜爱的。玉米长成的青纱帐里藏着蝈蝈的夏天,捉一个蝈蝈回家就等于把夏天的歌唱家请到了家中。玉米成熟后,可以掰开青白的壳来看,看里面的玉米棒是白的还是红的紫的。玉米棒顶端的须还可以当作长胡须,粘在下巴上扮作土地爷爷和关公。玉米地上空,总是有成群结队的黄翅膀黑尾巴的牛粪蜻蜓飞舞,我不知道为什么叫它牛粪蜻蜓,因为它长得与牛粪一点都不像。玉米地里除了蝈蝈,还有蟋蟀、纺织娘和蚱蜢,平时看不到它们,一到收割青玉米秸秆时就蹦跳得满地都是,这时秋天肯定已接近尾声。

收割完玉米,吃完甜芦粟,高粱也已扬净晒干入袋。农闲时,母亲就会背了高粱去镇上磨成粉,我长大后就自然而然接替了母亲这份活。磨好的高粱粉要摊在团箕里晾晒干,高粱粉是粉红的,做的汤圆也是粉红的,看上去真的有秋熟五谷丰登的喜气。

收割青玉米

我三连襟徐国飞家在海边，承包了 9 亩多地，一年四季农事繁忙，最忙最累的是收割青玉米。到了收割青玉米的季节，我们就一起赶到他家帮忙。

青玉米是卖给牧场喂奶牛的，所以不等青玉米长老，就要连穗带叶割下来。这青玉米是北方种，穗大秆粗叶子长，割时正是生长的最旺盛期，又一般是在早上割，带着一夜的露水，湿漉漉沉甸甸正是吃分量、割下来后不能在地里搁得长，因为夏天太阳毒，一个日头就会晒蔫青玉米，卖时秤不起分量，也就卖不出价钱。

这里的一片片青玉米地都在海堤脚下，装青玉米的卡车就停在高高的海堤上，一捆捆青玉米由牛一车车拉到堤上去，借不到牛的人家只能用肩扛。一车青玉米装得黑心黑胆比天高，司机怕警察收执照，一般都在晚上或夜里再开车。

牧场远在上海城的黄浦江边，离这里足有五十公里，装青玉米必先要联系好大卡车，定好车的日期和时辰，也就随之能定下收割青玉米的时间。所以定车的日子里人心慌慌，定不着车的人家愁容满面，定着车的人家像要准备做喜事，跑来跑去嗓门也高了，脚步也响了。

我阿舅明昌是一家单位的驾驶员，开的是一辆五吨的东风牌，年年帮助国飞家装青玉米，国飞夫妇因此也省了不少心。那时司机很吃香，但明昌到国飞家帮忙便是个装卸工，车子一停妥，就帮着装青玉米，弄得一身湿淋淋。我下了班也匆匆赶到场，这时大连襟、二连襟他们一身衣衫一天里已经干了湿、湿了干好几次，就让他们吃了晚饭早点回家去休息。我和国飞、明昌晚饭后就发车，一直开到黄浦江边白莲泾牧场，过完地秤就卸车，三人赤膊只穿短裤衩，站在高高的青玉米堆上拳打脚踢往下扔,满满一车青玉米卸落地,心里轻松了许多,夜风吹在脸上好凉快,夜色似乎也明亮了许多。

青玉米卖了,余下的农事虽然仍繁忙,但可以定定心心做。此时,国飞家种的西瓜甜瓜都已熟,黄瓜丝瓜豇豆挂满棚,灯笼辣椒一行未摘到头已是满满一大篮,南瓜晒在壁脚上大大小小青青黄黄有几十个,山芋饱满得像要从泥土里蹦出来,甜芦粟长得像一片甘蔗林,橘子和无花果等不及采摘有的已掉落到地上,吃着青草和五谷长大的鸡鸭鹅在树下场头塘边悠闲地漫步……到国飞家去帮忙简直是一种生活的享受,与其说是去劳动,不如说是去一饱口福,而且只要你中意,还可各取所需,如果你不拿,国飞夫妇还会不高兴。

夏晚

夏天的傍晚，我把两条长凳搬到场头上并排放在一起代替饭桌，在它周围放上小木凳，全家围坐在一起吃晚饭。天渐渐黑了，白天的炎热慢慢消退，夜晚的风开始吹来。

风似乎不是从远方吹来的，而是自己生长出来的，弄堂口、树荫下、池塘边、小河旁都是生长风的地方，生长风的还有母亲的蒲扇，只是蒲扇扇出来的风是热的。我想如果没有风，夏天就静止了，田野、河流和树木就静止了，鸟和蝉的合唱就缺少了和声，姑娘的裙子也就不会像摇曳的花朵。

收拾好碗筷，我们就乘凉，隔壁阿青嫂唱沪剧《沙家浜》，她说《沙家浜》以前又叫《芦荡火种》。我想芦荡火种一定是在春天里，如果在冬天里芦荡就全着火了。

我躺在两条并排的长凳上，场地不是很平整，长凳之间的缝有时会夹痛背，但我较瘦且较安分，凳缝与我的后背也就能和睦相处。我看天上的星星，因为仰面躺着没什么可看，能看的只是天上的星星。我第一次看到这么多的星星时曾问母亲，这些星星是谁种的，母亲说是玉皇大帝种的，就像在田里撒上麦种一样。我上小学后听老师说这些星星是人们用锤子钉上去的，"青石板，石板青，青石板上钉银钉"，课文里就是这样说的。萤火虫从河对岸一闪一闪飞过来，飞进了我家西面的高粱地里。有一架飞机一闪一闪从天上飞过去，我想飞机也是萤火虫，飞进远方城市的高粱地里去了。

月亮这时升上来了，月光把墙壁照得白白的，我听说太阳会把人晒黑，而月亮是会把人晒白的。高粱长长的叶子上都是月光，风吹动它们，月光就动荡起来，发出好大的响声，月光原来是有声音的，好清凉的声音，如一渠流动的水，幽幽地流到人的梦里去了。

鱼事蟹事

我们乡下河浜多鱼虾也多。乡谚云："养了三个儿,一年四季鱼虾吃不完。"我觉得不是夸赞男儿的会捕鱼捉蟹,而是夸赞我们乡下河浜的物产丰茂。

春季是各类鱼交配繁殖之时,河边刚刚发青的芦苇丛中,总是水花翻涌,响声不绝。我想人干起这种事来总是悄无声息,而鱼偏要弄出如许响声,唯恐全世界不知道似的。村里人捕捉交配时的小鱼,是拿两根青竹竿绷成簸箕状的渔网张在河边芦苇丛中,然后一人划船,一人在船头上用木板敲,顺着河边将鱼往网里赶，有时一网就有几十条。捕捉交配时的鲤鲫鱼是用一根粗竹竿，顶上扎一个大网兜，一人划船，一人手执渔兜站在船头，一见水草中响动，迅速插入草层下面兜底往上一捞，往往就是一网打尽，多的一网甚至有十几条鲤鲫鱼。村里人就是这样破坏鱼儿们的好事的。

村里人捕白鱼也有办法。白鱼吃的是露水，总是在水浅表面游动，一受惊吓就高高跳起。划船的时候，常有白鱼泼刺一声跳到船舱里，或跳到河面的木排草上，并不停地跳跃，试图重新回到水中。船舱里的鱼跳累了，气喘吁吁地张合着红红的腮，细洁的鳞像银子一样闪亮。夏天的时候，在一条断头浜水面上放几顶竹廉，然后十几个人同时从河浜口向里面游，并用力拍打水，弄出极大的水声，游到河浜顶部时，被赶至一起的白鱼都惊慌失措地乱跳乱蹦出水面，像几十只白梭在空中纺织着什么，大多落在竹廉子上，成了渔箩中物。鲈鱼受了惊吓也会跳出水面，只是它能在水面上连续飞跳而去，没有一条鱼能像它这样踏水而行的，当然我们摸鱼时但愿不要碰到它，因为它背上的刺会刺得手掌鲜血淋漓。

村里还有一种捕鱼之法，是将捉到的鲤鱼背上系一根线，人站在桥上牵着线，看这鲤鱼在河里几张团箕大的范围内游来游去，引逗别的鲤鱼来交配，然后用鱼叉来刺捕，村里人称为“引鲤鱼”，我觉得是美人计。

黑鱼一般生活在水底，难以捕捉。即使抽干河水，黑鱼也会像土行孙一样遁入泥中不知去向。夏秋季节黑鱼产卵，之后卵变成了小黑鱼，小黑鱼群在水面上游来游去，大黑鱼就守护在小黑鱼群旁边，像侠客一样时隐时现，不时用它的尾巴把要游散的小黑鱼赶打在一起。我们村里有用鱼叉刺捕黑鱼的高手，一直在岸边跟踪守候，结果往往是一击而中。只是有一次，他看到一条静浮在水草边的大黑鱼，头部生了一层青苔，苔须在水中微微飘动，像关云长威风凛凛的胡须，他想这一定是黑鱼之王，以至于不敢下手。

春天还可刺捕浮漾水面的鲫鱼。中午阳光晴暖，鲫鱼就会浮漾到水面上来，或啄吃水草和芦青头，或漾浮在水草芦苇边一动不动，仿佛入定的老僧，使你觉得鱼真是一种修身养性的尤物。此时油菜正在开花，青青的菜叶和嫩黄的花朵挨擦着你的衣裤，袖口、衣襟上沾满了菜叶和菜花的气味。四下里又静得出奇，仿佛这世界上就只剩下这一条河浜，这一条河浜里的鱼、芦苇、水草和刺鱼的你，还有面颊上微微发烫的新鲜的阳光。

秋风起棉花开的日子，蟹就肥了。我们村里人傍晚一收工，匆匆吃罢晚饭，就提了蟹灯渔网纷纷出去捉蟹。蟹基是早就挖好的，所谓蟹基就是河坡临水处的一个平台，地道些的还在上方搭一个棚，以遮挡秋风秋露。在蟹基水边插一根短芦竹，在对岸河里插一根长芦竹，渔网就张在这一长一短两根芦竹上，网一边拴了铅沉在河底，一边是纲浮在水里，整个渔网顺着水流张成袋状等待蟹们自投罗网。靠蟹基一头的网纲上拴了一两瓣棉花，用蟹灯照着，如果蟹爬上了网，棉花就会一抽一抽地动，一抽就收网可能蟹还未完全爬进网，抽得过头了再收网可能蟹已越网而去，所以要等抽几下收网，一般就能捉到蟹，但有时拉上来的网里会是一条鱼。捉蟹要看运气，也有两三个时辰捉几十只的，也有一夜捉几只的。守了一夜一只也没捉到，村里人称"白老母鸡"。有时上半夜棉花瓣一动不动，你就回家睡去了，别人随即到你刚离开的蟹基上张下网，下半夜就捉了个箩满舱满，让你懊恼后悔好几天。

村里人捉的鱼一般都自己吃，捉的蟹却都拿去卖，不是不喜欢吃蟹，而是一个秋冬季的油盐酱醋，都指望着这些卖蟹得来的钱。

螺蛳和蚌

我记得几次和月昌哥一起，去水桥上和小河边捞螺蛳。正是开春之时，河水清澈见底，水桥上和河边新长出来的芦苇上爬满了螺蛳。那是刚从冬天醒来的河，水里满是刚刚长出来的水草和芦苇的气息。那是刚从冬天醒来的螺蛳，它们打开了小小的盖，伸展出细细的触须，牢牢地吸附在水桥石和芦苇秆上。我们划着一条小船，沿着河边一路过去，一会儿就收获颇丰。月昌哥说此时节的螺蛳最干净，一过清明就生出小螺蛳了。

此时也是摸河蚌之时，天气晴和之日，会有人在小船上摸河蚌,船上人袒露着一只手臂,沿河塘脚边慢慢摸过去,一边摸一边伸手抓住河边的芦苇稳住船。摸到水深处,脸颊几乎贴到水面上,刚发青的芦梢会触碰到头脸上。虽然天气已渐趋暖,河水还是冷的,裸露的手臂从手腕红到臂膀。塘脚边的河蚌大多比较小,摸上来的河蚌壳薄纹路浅,颜色有点黄亮,不像成熟的老蚌壳厚黑。只是这初春的河水特别清爽,河蚌的肉质特别鲜嫩,这是清水里的处女蚌,如同初春开出的第一花。

到了夏天,就可下河去摸蚌。用脚在深水处踏蚌,踏到了就潜水下去摸。有时摸到蚌的边角,用力摇拔几下才能将蚌摸上来,那一定是一只又大又黑的扯旗蚌,它的边角像一面迎风扯起的旗。有时蚌扎在泥里深,摸时颇费时,等到摸上来,身边放蚌的桶已在河上漂远了。

◎ 水 桥

织 布 机 ◎

水桥

我们乡下人家不是家家有水桥，但家家都要用水桥，因为当时没有水井和自来水，而生生的河水是可以直接饮用的。

我家的水桥就在我们房子的前面，走过去约三四十步路。我小时候经常看母亲去水桥石上淘米洗菜，淘米时有白白的米泔水从淘米饭箩里漫漾出来，无数的柳条鱼就聚游过来抢着吃，银亮细长的尾巴不停地在水面上打出一个个水花来，每打一个水花就有一个小小的响声。所以母亲淘米时，米箩周围都是柳条鱼闪亮的银鳞和一片清清脆脆的响声，还会有一两条柳条鱼窜到米箩里来，母亲扔到水桥上说可以蒸了喂猫。

我家里有两个提桶，是专门用来去水桥头提水的，母亲给我们出的谜语“摇摇摆摆娘家去，哭哭啼啼回家来”，说的就是去水桥头提水的事。我小时候去提水是两手拎一个提桶，长大了就两手各拎一个提桶，一路上都是水桶上滴落下来的水迹。我还用碗在提桶里舀生水吃，就像黄泥冈上的好汉舀白胜桶里的水酒吃，自有一股爽然之气。

我家的水桥是和隔壁阿权哥家合用的，水桥石被河水冲松歪了，阿权哥就会搬搬正，或在石板下加垫几块砖。每年阿权哥总要修一次水桥，又是打木桩，又是垫砖头，又是锯又是敲，把歪歪斜斜、松松垮垮的水桥修得平平整整、结结实实。每当这时，母亲总是让我去当阿权哥的帮手。我长大后就不用母亲说，只要看见阿权哥在修水桥，就不声不响在旁边打帮手，两个男人抬一块水桥石也抬得动，不用再喊别人来搭把手。只是我不会像阿权哥那样有心情一个人去修水桥，因为我生性懒拖拖，又怕修出来的水桥不平整阿青嫂要笑。

水桥石最下面的一块往往一年四季在水里，石上长满了苔藓，也爬上了螺蛳，螺蛳身上也长满了毛茸茸的青苔，细微的苔须在水里一漾一漾的。石上有时会爬趴着一两只小石鱼，通体透明像水晶，两只黑眼珠凸出凸进古怪精灵。我一般只是看不去捉，因为小石鱼游滑快，十有九次捉不到，反而弄湿了袖子管。水桥石下往往有大石鱼，一般有半只筷子长，身体褐黄有花斑，肉质嫩白细腻，放在雪菜一起可以红烧，切点新腌的咸菜可烧汤。我们村里有善摸大石鱼的人，摸了四五座水桥就可摸得几尾烧一碗。水桥边的水里还有白眼鱼，这是我们乡下河浜里最细小的一种鱼，只有半根火柴那样长，白眼向人就像八大山人画里的鱼鸟虫兽，它们一小群一小群呆在一根根碧绿的水草旁纹丝不动，仿佛岁月和河水都静止了。

春上和秋后夜里下露水，水桥石上露水漉漉黑沉沉，唯有临水的一块水桥石却是干干的、白白的没有一点水湿气，据说是落水鬼一夜就蹲宿在这块水桥石上。

邻居家的狗

我们这个宅村只有三户人家。我家东隔壁的阿权哥家养了一条狗,我家西面的康建荣家也养了一条狗。从资源布局和共享的角度看,这样我家也就用不着养狗了。

阿权哥家养的狗驯顺之极。按理说,它对熟悉的人俯首贴耳是应该的,对陌生人叫上一通也应该是它的天性和责任。可是它不管熟人还是生人都一律地亲昵可掬,仿佛它已生活在共产主义理想社会一般。如果真的有什么小偷或坏人进入我们这个宅村,要指望它来报警是万万靠不住的。对它的所作所为,阿权哥十分不满,经常叱骂它亲疏不分,不能承担起看家护宅的责任。

康建荣家养的狗与阿权哥家养的狗截然不同。除了康建荣一家外,它对其他人都是一副六亲不认、气势汹汹的样子。只要走入它的视线,还未进康家的场角,它就吠叫起来,又蹦又跳,怒不可遏,仿佛要挣脱锁住它的铁链。康建荣怕它真的咬人,就在场角上给它造了一个小屋,并且一直用铁链拴着它。

我家和阿权哥家,都有承包地在康建荣家的西面,每当我家和阿权哥家的人从康建荣家的场头上走过,或去康建荣家串门,这狗就从狗屋里大叫而出,一直追扑到铁链将它拉住的距离,由于它来势凶猛,以至于总是会被铁链的反作用力拉得踉跄后退。但它不管不顾,目光凶狠地看着你,一次次地扑过来,全然忘记了这样做的徒劳。每当此时,康建荣家的人就对它大声呵斥,骂它怎么连宅上人都不认识。它心有不甘地呜咽着退回狗屋,只是一会儿它就会故态复萌。

对此,阿权哥家的茂辉忍无可忍,有一次在河里电鱼时,顺便用缚着电线的长竹竿向它藏身的小屋里捅了几下,它发出鬼哭狼嚎般地叫声。那天,康建荣家的人正好都不在,那狗孤立无倚惨遭了一次电麻。从此它每当看见有肩扛或手提长竹竿的人从场上走过，就急忙躲避到它的小屋中去，并在里面发出不屈不挠但心有余悸的叫声。

康建荣家原来养过一条狗，那狗远没有现在这狗凶，故也不用铁链子拴着。有一次那狗与康建荣的儿子小康宇在康家屋后的池塘边玩耍，一下把小康宇顶到池塘里去了。那时小康宇只有四岁，不会游泳，也没有一个人在场，幸亏他是面向河坡滑下去的，所以他能抓住河边的水草爬上来。因此，康建荣就把那条狗杀了。我怀疑现在这极凶的狗是那狗投胎而来的，只是它可能在投胎时记忆模糊，把除康家之外的人都错认作仇人了。

阿权哥家养的狗有时会去看望一下康建荣家养的狗。只在此时，康家的狗才会变得特别驯顺，它和阿权哥家的狗耳鬓厮磨、相偎相依，原来它们之间是异性。所以我觉得爱情这东西不仅对人很奇妙，对狗也很奇妙。

祝桥镇

我小时候去祝桥镇是沿着河塘江的长堤走着去。堤上行人稀少，走路有一份安静，还可看看堤两边河里的船，南来北往漂流不停有人世间的忙碌和繁华；还可看看河塘江两岸的人家，阡陌纵横、田宅相连、竹树蔽屋是民间的生活也是民间的风景。

祝桥镇在我家南面，村里人都说有三里路，我觉得远远不止三里路，也许是三公里，因为我们村里人是把里和公里混着说的。从镇北梢走进去，是一座小小的石桥，走到这座石桥上，我已出了一身汗。我总是在桥上停一停，俯身看看桥下浅浅的流水，流水里有日光云影，心里有到达的欢喜和对这座小石桥的喜爱。从桥上走下来是一条青砖铺的路，两旁长满荆树，春夏会开红花，粉粉的，像我们村里不大会抹粉的妹子。

祝桥镇上最热闹之处是酱油桥。桥拱如月，桥上行人如织，桥下船来舟往，老少相携，男呼女应，自有一番人世间的熙攘和亲热。我想许仙和白娘娘的故事就是出在这样的街市人家。桥东是一条街，疏疏落落散着几家店铺，不甚热闹。桥西是酱油铺，卖油盐酱醋，还卖豆腐、豆腐干、麻糊、粉皮、粉条、三角油豆腐。村里人买油盐酱醋是到邓镇，买豆腐、麻糊、三角油豆腐一定要到祝桥镇，因为邓镇施镇都没得买。我来祝桥镇买豆腐和麻糊，总是拎一只长篮，长篮里放着几两黄豆，因为买豆腐还要用黄豆来换。换豆腐的黄豆是母亲从黄豆中拣出来的，拣的是最瘪最烂的黄豆，我每次去换豆腐心里总是忐忑不安，怕这样差的黄豆店家看了不悦拒绝调换，但每次都能顺利换回，因而我每次都想，吃黄豆一定要比吃豆腐更营养。

邓镇

邓镇只有一条南北向的街，街上铺的是青石板，我小时候走在上面听不见自己的脚步声，因为我穿的是布鞋或者索性是赤脚。我年青时走在上面总是想起郑愁予的诗："我达达的马蹄是美丽的错误，我不是归人，是个过客。"别的意思我不太懂，我只知道马蹄声是达达的，因为我穿的是皮鞋，走在青石板上也如达达的马蹄声。

邓镇街上有一家国营杂货店，卖的是肥皂草纸、油盐酱醋、烟酒糕饼。我小时候最爱吃的零食是脆麻花，放学后到邓镇街上逛一逛，看看杂货店里的脆麻花是新来的，搁在一个大木盘里，乌油油黄亮亮的，没有零钱就闻一闻，有零钱就买一根，一边吃一边走回去。我妹妹问我将来她长大挣钱后买什么东西送我最喜欢，我说就买脆麻花。

邓镇街上还有私人开的两家小杂货店，一家在街中间，一家在南市梢。黄昏时，国营杂货店打烊了，两爿小杂货店还开着。街北街南的灯光虽然微弱，却给小镇增添了温暖和活力。

南市梢小店旁是公共汽车站，小店外面的廊棚里经常有候车的人。廊棚里备有长条凳，候车的人坐在那儿，一边等车来一边与店主拉家常。

我那时去接从无锡回家探亲的二姐，就划一条小船去，小船停在南市梢小店旁边的水洞头，那是一座平平的桥，桥下有一座陈年古董的水闸，生满了厚厚重重的铁锈。水闸下有水潺潺而流，闸道里长满软软的青苔和水草，还有小石鱼，伏在青苔上，钻在水草里，如水色一般透明。我一到水洞头，就去看小店里写的公共汽车的班头，不知道二姐会在哪一班到。等久了就去看水洞头桥下的流水和小石鱼，有一次我还脱了鞋袜下去捉，初春的水流冲在脚上有点痒。等到看见二姐从公共汽车上下来，觉得无锡和邓镇原来可以是这样的远，也可以是这样的近，小船载回去的就不仅仅是下午的阳光或者是黄昏的晚霞，还有邓镇连结着无锡的一份亲情和我对远方那座陌生城市的憧憬。

邓镇北市梢有一小间洋布店，玻璃橱窗里经常会放着几匹城里运来的花洋布，姑娘媳妇围在一起指指点点看，营业员用尺量一量，在布边上剪开一个小口子，双手用力一撕发出一声响，这一段布过了几天就会做成一件新衣裳，有个姑娘或媳妇穿着在小镇上走，就像巴黎的时装模特在电视里走，说不定就引领了一会新潮流。

洋布店里还有铅笔、橡皮、簿子、信封、信笺、文具盒，只是没有图书卖。我第一次穿的海绵拖鞋和皮鞋就是大姐从这店里买来的，穿海绵拖鞋的感觉像踩在棉花上，不像赤脚的爽快和穿布鞋的踏实，穿皮鞋虽然走在青石板街上有得意扬扬的马蹄声，但走在凹凸不平的泥路上要当心扭伤脚脖子。

邓镇街北还有一间宰猪坊，后面是收购和屠宰猪的作坊，前面是卖肉的店铺。每天清晨肉店门口就挤满了人，手中的四角竹篮举过人头顶。我 18 岁时去买肉，一开口就觉心跳和脸红，也不想挤在一大堆人中去拼争，更怕看肉店师傅的脸色。但买了几次就明白喉咙不粗力气不大就买不到肉，这就是以前课堂上学过的达尔文的进化论。

邓镇街上有竹器店、摇馄饨皮和面条的面粉店、水果摊头和鱼摊头，有牙医诊所、西医诊所和中药铺，还有粮管所、煤球行、氨水站。邓镇虽小，却是荒凉岁月中的繁华乡，世俗人间的烟火地。

邓镇就在我家的正东面，走到镇上也就10分钟，走过王家门前的小木桥，走过朱家宅的大场头，就到了邓镇青石板铺的街。街镇上有密密麻麻的人家，街西有一家人家的庭院里有一株桃树。经过这家人家我总要往里望一望，看看桃树下门口里是否有她站在那，她有时穿一件青蓝格子粗布衣，有时穿一件嫩黄的确良衬衫，比不上桃花红艳却比桃花纯朴和静娴。望见她时她不对我望一眼，望不见她时唯有那株桃树在。她是我中学时的同学，就坐在我的前一排，她的辫子梢有时还拂到我课桌的书本上。只是当时我们竟然从未说过一句话，但是后来她却成了我的妻。

歌兮舞兮

“文革”开始时，我正在念小学三年级。我们这里是穷乡僻壤，但也不是世外桃源，免不了一番鸡飞狗跳。记得先是破四旧立四新，发生在我家的事就是父亲把大床顶上雕花的栏板拆了，说上面雕刻的是才子佳人。父亲和隔壁阿权哥又把屋顶上的飞檐拆了，拆下来的瓦片上雕刻着一些花纹，说这些花纹也是四旧。我的姓名是大姨妈起的，已经使用了9年，大姐说也有四旧嫌疑，故也改了。这样我家就全面完成了破四旧的任务。接下来是抄家，只见路上有一支支打着红旗的队伍走过，说是抄家的。阿权哥家就被抄了一次，因为他家虽然和我家一样是贫下中农，但阿权哥娶的阿青嫂的爸爸是地主。抄家后，阿青嫂坐在场上大哭，我知道抄家伤了阿青嫂的心，因为阿青嫂是很要面子的人。

抄家过后是批斗，听说县城里、公社里、大队里都在热火朝天开批斗会，我们学校四五年级的大哥哥大姐姐们也就有点坐不住，他们商量着也要开一个批斗会，批斗谁呢，他们想了老半天突然想起三队里有一个地主，他们就把这地主揪来学校批斗，斗了一会儿不过瘾，就拿来一条长凳让他站上去，又在凳脚上拴了一根绳子几个人去拉，就像地雷战里的民兵拉地雷。他一看就从凳上跳下来，大哥哥大姐姐们坚决不答应，勒令他站在凳上不能跳下来，几个人又用力拉，他眼看着凳子被拉倒，就顺势慢慢跌倒在地上，哎哟哎哟地哼着说摔痛了，大哥哥大姐姐们全都高兴得哈哈笑，要他站起来重新来一次，他就重新来一次，大家又是一阵哈哈笑，就心满意足地放他回去了。

然后是文艺宣传队像雨后春笋和春天里万紫千红的花朵，街头、场头、地头到处都有宣传队演出，并到公社的大礼堂里会演。大礼堂里的舞台已很陈旧，跳《亚非拉人民要解放》时，台上男男女女蹲成马步，双手握拳一会儿向下一会儿向上，双脚跺得木台板咚咚响，灰尘从台板缝里飞起来，整个舞台就像万马奔腾的战场，我每看一次就觉得亚非拉人民解放的日子终于来到了。

我从小学到高中，一直参加宣传队。在我们宣传队里，歌是龙清唱得好，他说话结巴的毛病，就是在宣传队里唱歌给治好的；锣是阿毛头打得好，他会一下三下五下七下打出各种新节奏和新花头，一派锣鼓声中全是他蹦跳鲜活的打锣声；只有我唱歌五音不全，跳舞笨手笨脚，竟然也能在宣传队里呆那么久。

我在中学时，学校宣传队还排了《沙家浜》中的一场戏《转移》，我扮演的角色是赵镇长，出场只有一分钟，说的台词只有一句"我带领乡亲们转移出去"。阿毛头和我一样，他说的台词是接着我的话说："我带领一部分人把粮食坚壁起来。"所以，其他人排练很辛苦，我和阿毛头很轻松。

上高中时，我突然发觉自己长大了，在众人面前唱歌跳舞很是难为情，就退出了宣传队。而从那以后，我对唱歌跳舞似乎就再也没有什么兴趣了。

吃点心

我在上初中时，有一次上午课间休息，班上的孙龙清同学邀了我们五六位同学去他家玩。他家就在学校旁边，没走几步路就可到达。那天已上了早自修和两节课，我们早已饥肠辘辘，他就拿出煎饼来招待我们，我们也就不客气，一会儿就把半篮煎饼吃完了。后来我知道他中午回家时被他母亲大骂一顿，因为那半篮煎饼是他母亲为一家人准备的中午饭，他已经吃饱了可以暂且不论，但他父母、弟妹的中饭就一时没有了着落。我明白要是龙清知道这是母亲为全家人准备的中午饭，也就不会用它来当作我们的点心。

此类的事在我三姐身上也发生过。有一年端午节，母亲下地去时把一篮粽子挂在屋檐下透透风，三姐和她一帮文艺宣传队的同学正好路过我家，她们顺便光顾了一下那篮粽子。等她们离开时，除了场角上留下一堆粽叶外，那个竹篮虽然没有打水却也已经空了。三姐知道母亲不会放过她，也就随着宣传队的同学一走了之。左邻阿青嫂和右舍行娣阿姐从我母亲的骂声里知道了此事，就送过来一些粽子给我们，我吃着觉得要比母亲包的粽子好吃，心里对三姐的同情也就变成了赞许。

上述都是吃点心引出来的事。我们村里人有吃点心的习惯，在干活中间也会回到家里去吃点剩饭剩粥，比较奢侈的是大家凑一点零钱去小店里买点心。小店里有麻花、雪饼、盘香饼、葱油卷、鸡蛋糕等。村里人大多是买麻花、雪饼和盘香饼，因为麻花和雪饼每个都是半两粮票四分钱。盘香饼每个是半两粮票五分钱。蛋糕要八分钱一个，虽然好吃，但价钱贵。葱油卷每个六分钱，价钱比麻花、雪饼、盘香饼贵，但没有麻花、雪饼、盘香饼好吃。我比较喜欢吃盘香饼，此饼形状如一盘蚊香，薄脆香酥。我又喜欢吃这饼时的散漫，手里拿着一张盘香饼，坐在田埂或稻麦堆上,咬一口这松脆的饼,饼渣就纷纷往下掉,掉在脚下的稻麦、草丛和泥土里。吃完饼后,用手抹去嘴唇上的饼屑,拾起脚边的扁担、镰刀和草帽下地去干活,大脑还沉浸在对盘香饼的回味中。

有一年抽干范家浜捉鱼,夜里值班时,队长让我们几个人准备夜宵,我们在范家浜里捕了几条草鱼,烧了一锅红烧草鱼块。开锅吃夜宵前,我们几个人忍不住馋,先在锅里挟了几块来吃,为其味鲜美而不能自制,几个人竟吃去了小半锅鱼。临端上桌时,像样的鱼块已剩下不多,队长说煮熟的鸭子会飞掉,这煮熟的鱼难道也长了翅膀?

吃点心有诸多吃法,味道也各不同。在我的印象中,村里最为流传的关于“吃点心”的事,是阿龙和阿狗有一次一起去捕鱼,捕到兴酣时,阿龙忽对阿狗说要回家吃点心。阿狗等了半天不见阿龙回来,就回到自己家中,发现阿龙竟然在吃自己老婆的“点心”。这事虽然有违朋友之道和有伤风化,但就以吃点心而言,也许这是天下最好的味道了。

荠菜和马兰头

荠菜和马兰头都是野生的。我不知它们来自何处，但去向何方却是略知一二。一般它们会首先进入我母亲和姐姐用粗布缝制的袋里，然后摆上我们的餐桌，进入我们的口中，其颜色、形状和味道可能会留存在我们的记忆里，也可能会随着我们不停迁徙不断重复的生活而消失殆尽。但只要这个世界上还存在最后一块如同我家乡式的田野，我敢保证它们也会随之存在：荠菜会在清明里开花，马兰头会在初春的田埂上绿成一簇又一簇。

同样是用刀，荠菜是要连根挑起来的，荠菜的根须细长且沾带着湿湿的土。而马兰头是要贴着地面平割的，割下一叶又一叶，干干净净没沾一点泥土，都是春天里绿茵茵的感觉。所以农家孩子背着布袋招呼同伴去田头河边时，说的地道的乡下话是："挑荠菜，割马兰头去！"

我小时候吃过荠菜豆腐羹、荠菜粉丝汤、荠菜馅的馄饨和汤圆，确实要比其他蔬菜味道鲜，因为荠菜的根和叶本身有鲜味，如天然的味精。所以荠菜如香菜一样是作为配料入菜谱的，虽然农家并没有菜谱。没有听说有清炒荠菜的，当然尽可炒一盆来吃，但母亲早就说过一点不好吃的。

马兰头清炒吃有点涩，故一般也不清炒，洗净的马兰头下在锅中热水里过一过，捞起来晾晒在太阳底下。马兰头干的味道似乎不比新鲜的马兰头逊色，而且能弥补八九月里蔬菜青黄不接时的不足。

荠菜长得小而秀美，孟浩然的诗"天边树若荠"，我觉得与其是在比喻树的小，不如说是在称赞荠菜的美。荠菜会开细小白色的花，开在篱笆脚下或夹杂在野菜野草中，很快就被气势汹汹的绿色淹没了。马兰头要到秋天才开花，黄的花蕊青莲色的花瓣虽然鲜艳，但枝叶几近枯萎了。它和荠菜一样，都是到老了才开花,年轻时大概太嫩美,用不着花来添艳。荠菜长得稀少,好半天才能挑到一小袋。马兰头却遍地都是,即便是城里来的傻女孩一会儿也能割到一大袋,不过不小心把手割破了,流出来胭脂一样红的血。

茄子

茄子是春天里种的，茄子秧大多去集镇上买来。茄子秧小小的，枝和叶都透着些紫红色，母亲叮嘱说要买有根须的，没有根须的茄子秧种不活。

茄子秧种活后就松土和施肥，每松一次土和施一次肥，茄子秧就猛长一次，枝干和叶子仿佛蓄满了土地的力量和春天的旺气。它的叶花都不好看，也没人会去看，即便是刚长出来的光洁如玉的小茄子，也没人会在意。

从夏天到秋天，茄子可以从鲜嫩吃到老去。鲜嫩的茄子切开来,里面的籽又小又白,吃时不用去籽。老了的茄子切开后要放在水里用手捏去籽,籽说不上是黄是红是黑,反正老了就是这样糊里糊涂的五颜六色。

我喜欢吃茄子。腌茄子是把茄子切成条,放把盐捏瘪,洗净挤出水,拌上酱油和味精,茄子皮嚼在嘴里又鲜又脆;清炒茄子是割一把韭菜放在茄子一起炒;蒸茄子是把茄子放在米饭上面蒸,蒸熟了用筷子挟进放有红烧肉汤和酱油的碗里;茄子炒蛋是将茄子切成条,煮熟起锅前放入已搅拌均匀的蛋黄蛋清,蛋附在茄条上,茄条里吸满了蛋汁,吃起来很是滋补;茄子烧鱼是最美妙的搭配,鱼因茄子而平添香色,茄子因鱼而鲜味十足,但我总是先吃光茄子再吃鱼。

我相信我喜欢吃茄子是一种本能,只要是茄子,不管是青皮还是红皮,无论切成什么形状,我觉得都是好吃的。听人说茄子有毒,我至今已不知吃了多少茄子,如果有毒,我想这种毒性与我的身体肯定是相融的。

乡谚云:满园茄子红彤彤,不知哪只能留种?其实选择留种的茄子不难,难的是如何传承和革新与茄子联系在一起的生活方式。现在我们吃的大棚里种植出来的茄子,不仅与我们以前吃过的茄子的味道有所不同,原来的生活方式也早已面目全非了。

蛋格

记得在农村时，茄子有时是放在米饭上蒸的。将茄子剖开，唯根部连在一起。剖开的茄子如一朵盛开的花，只是比不上花好看。在米和清水上方放一蛋格。蛋格是竹子做的，井字形，如湖上架起的一座九曲桥。蛋格有新的，青皮白肉，还闻得到竹子的清香；有旧的，红黑斑驳，蒸熏得一身米汤水气。我不明白为何叫它蛋格，大概它被发明时是用来蒸蛋的吧。茄子就放在蛋格上，蛋格上还放一大碗汤，大多是红烧肉的汤，米饭煮沸时，就将蛋格上的茄子挟入汤碗中，听见米饭水分滋滋收干的声音，闻到饭粢香即停火。这样蒸出来的茄子里似乎还有米饭的香味，更主要的是节省了另蒸茄子的时间和柴火,所以当年家家户户都是这样蒸茄子的。只是现在恐怕这样的蒸法早就失传。乡下人家的泥灶难得一见,镇上卖蛋格的小店早已关门,久而久之，再也没人识得蛋格了。

下雪的记忆

记得小时候冬天总是有雪。冬天无雪就像春天无花一样让人觉得不可思议。下雪是好看的，至少比下雨好看得多。雨是赤条条来，赤条条去，如人的投胎和转世一样，其实没多大的意思。雪却是轻柔曼舞，婉转万千，似乎有说不尽的意思在里面。

我常听母亲说“腊雪不烊，穷人饭粮”，所以知道腊雪是好的，腊雪会冻死田里的虫子，庄稼有好收成。雪虽然年年下，但我见了下雪总是喜欢的，好像天上真的在掉什么馅饼似的。欢喜是欢喜，但至多也只是用两个碗盛满了雪合并拢来做成一个雪球，挂在屋檐下的晾衣竿上，让风吹着它摇来晃去，其余再也无甚创意。黄狗在雪地里又跑又叫，见了雪似乎比我们更兴奋。鸡在雪地上走来走去，母鸡会发出疑惑不解的咕咕声。因为它们找不到原来刨食吃的谷草堆了。麻雀飞到屋檐下和窗台上来，它们也寻觅不到食物了。只有鸭子照常下河去，只是下河时往往会踩空直接摔滑入河，因为雪把河坡上的坑坑洼洼遮盖了。

我 17 岁那年冬天的一个中午，天色阴黄欲雪。我忽然来了酒兴，平生第一次想试试自己的酒量，就自斟慢饮，可是只喝了一小杯曲香酒就喝醉了，一觉睡下去直到傍晚，醒来一看早已下起漫天大雪，我家西面的山芋地全让雪盖了，小河边的树和芦苇上缀满了雪花，远处的村庄和田野一片银白，清冽的空气如醍醐灌顶，我的酒一下子醒了。我觉得是这雪让我喝醉的，也是这雪把我催醒的。

有一年连日下雪，我送一同事回家，同事一定要留我吃晚饭，其妹急急忙忙中赤脚穿了一双拖鞋，就跑到雪地里去挑菜，挑回来的青菜上满是残雪和冰凌，这小姑娘的手指也冻得通红。经了严寒冰雪的青菜美味可口，同事的盛情款待和其妹在冰天雪地里挑菜的情景更令我难忘。

每年冬天,雪虽然下得铺天盖地,却从来未听说过有什么雪灾发生。雪压断了树枝和竹子的事是有的,夜里和清晨能听见竹竿断裂发出的清脆响声。记得有一年,雪把我们村里一户人家的一间堆放柴草的茅草屋压塌了一角,这也许是当时下雪天最大的事了。

罱泥

秋天麦子播种后，至初冬，麦苗地里要浇一层河泥浆。浇在麦地里的河泥浆是从河里罱上来的。罱泥在我们乡下是男人的活，村里罱泥的都是三四十岁的壮劳力，自家备有罱泥的小船、罱泥网、拷河泥的木勺等。他们早上七八点钟出来罱泥，中午回家烧饭吃，下午两三点钟就停工，罱泥的男人把小船洗干净，扛河泥的女人把泥桶洗干净。罱泥时都是晴好的天气，因为阴雨天罱泥诸般不宜，就像村里人家做喜事选的都是黄道吉日。

罱泥是用系在两根长竹竿上的网兜（网兜上有铁口）在河底

夹住一兜泥，然后提上来放到船舱里，所以既要用夹住河泥不让网兜松开的力，又要用往上提的力，更要借势用巧力。一网兜河泥从河底提至河面上，有一股上升的势，如果罱泥网上的铁口磕碰到船帮上，这股势就终止，再要把一网兜河泥提过船帮放到船舱里就特别吃力，往往不是网兜松开只剩下半兜泥，就是一网兜泥全部落入河中。

会罱泥的老农罱起泥来得心应手，一网夹得满满的，提起来一气呵成，提至船帮处，小船已倾斜，船帮口几乎与水面平，网兜从水面上顺势提过船帮，不与船帮有磕撞，只在船帮口上留下一抹河泥水痕印，一网兜河泥全部落在中舱里，站在后舱里罱泥的老农可能穿着老棉鞋，后舱里没有溅进一滴水，棉鞋面子上干干净净无泥痕。罱得热了就把外套脱下来，放在后舱船梢里。拷起河泥来也一下一下有节奏，像唱京戏的鼓点和台步，所以艰辛的劳动生活里也是有着民间的风雅和从容。

河泥有黑河泥和黄河泥，黑河泥肥沃，黄河泥是新泥，一般不罱。哪条河的河泥肥腻，哪条河哪一段是新泥，会罱泥的老农都知道。浇在麦地里的河泥黑而稠。罱泥偶而会罱到鱼，最令人称奇的一次，是村里有人在后蓝江罱上来一只七斤重的老鳖。

罱泥的网口还没这鳖的背壳大，一定是这老鳖睡觉时正在翻身，翻到一半侧着身子时，那罱泥网正好下来把它夹住了。罱上来的河泥里多的是螺蛳、河蚌，河蚌和螺蛳会在麦地里慢慢爬出一条条弯弯曲曲的泥痕，离开了河水，它们只能靠河泥里的水分维持生命，而冬天的太阳和风很快会把麦地里的河泥晒吹干了。明年春天，这麦地里的麦苗肯定长得碧绿青翠。

罱泥一年中大概有两次。一次是秋后冬初给麦地浇河泥；一次是春天里把割下来的杂草和捞上来的水草堆积在土池里，上面盖上厚厚的河泥让草发酵，称为草塘泥，夏天麦收后可以挑到地里作肥料。

我们村里每年罱泥的也就是三四人，扛河泥浇麦地的是他们的家属或邻里。我中午放学回家，总是看见他们的小船静泊在河泥塘下，小船里满满一船河泥，河泥上浅浅一层清水，拷河泥的木勺平放在船上，扛河泥的桶浸在河边用木桩拴着，河泥塘上方的小路上溅了一层薄薄的泥浆。我有时会禁不住下到小船里，拿起木勺拷几下，还用力把一勺河泥甩过小路飞落到麦田里。

游泳

我学游泳是将一个提桶翻转来放在水里,左手抓着提桶右手划水,从河浜这岸游到彼岸。那头的河浜于我有一种新鲜感,因为我平常熟悉的是靠近我家门前的这一边河浜。我相信一条鱼不会有此岸和彼岸的感觉,因为鱼是没有家的,不会以家作为圆心来定义远远近近的地理位置以及熟悉和陌生的情感范围。反过来说,鱼生活在水里,这条河和那条河以及天下的河都是它的家,因此四海为家用在人类身上远不如用在鱼身上合适。

平时我站在我家水桥上眺望河对岸时,看见的只是对岸河边的一丛丛芦苇和河坡上的泥土、野草。第一次游至对岸时，我发现河对岸的芦苇、野草与我家这岸的芦苇、野草并无两样，我对此产生好奇的感觉只是因为我从未接近过它，由此我知道人生就是这样开始的，如第一次游到陌生的对岸一样。

后来我离开提桶能自己游泳后，就不断地游向更多陌生的地方，起先是与村里宅上的小伙伴们一起游，后来成年了就喜欢一个人游，从我家门前的水桥上下水，一直向西游入浦东运河，沿浦东运河向南游五百米，河东是石家宅，河西是新浜村，石家宅和新浜村也有人在运河里游泳，也有男男女女在岸上看，我独自一人游至运河铁桥下，在河中间踏水稍作休息，就返身再一路游回来。

向北游一千米是储店村九墩头的大水泥桥，这一段水路较冷落，要经过阴家水洞和公墓地。我一般向南游，向北只游过一次，下水时太阳还在西边天上，上岸来已是暮色茫茫。

有一次在浦东运河游泳时下起了雷阵雨，闪电雷声暴雨一齐来到河里，水面上跳溅着千百颗晶莹的珠子，眼前看出去白茫茫一片。我只是划动双臂按常而游，雨下在脸上是冷的，身上却热乎乎地在出汗。我觉得一切声音仿佛都被雷声和雨声淹没了,而我自己也仿佛被雷声和雨声淹没了,我只能看到我一下下伸出的手臂在划动。雨下得极大,却好像没有淋湿我,所以我想下雨对于游泳来说意义不大。

每年夏天我总是去浦东运河游泳,后来有一年浦东运河南端的祝桥镇甲肝流行,我就再也不敢下水了。望着河水一天天由清变浊,这浦东运河离我就越来越远,越来越陌生了。

读书看书

我一直觉得读书和看书是不一样的,读书是正正经经坐在学校里,看书则是随随意意在家里;读书可以是一个群体且朗朗有声,看书则是独自一人且静默无声,因为读书的声音是在嘴上,而看书的声音是在心里。

我小时家里无书可看,因为没有钱可买书。父母挣的钱除了维持全家生计,还要供我们姐弟五个上学,大姐因此念到初中就辍学。但我家里有大姐二姐念初中时留下的语文课本,里面有《林教头风雪山神庙》《群英会蒋干中计》《失街亭》《景阳冈》

《范进中举》《王冕》《飞夺泸定桥》《白洋淀记》等许多好看的文章，我在家无事就一一看过去，还将它们拆下来装订在一起，实在无书看了就再看一遍。其中有一篇《枫》，写一位老司机老胡看不惯他新来的副手小马。老胡沉默寡言，小马活泼开朗；老胡爱干净，小马每天出车时却喜欢摘一把枫叶插在驾驶室的挡风玻璃前。有一次去前线送弹药，路被敌机炸坏了，敌机不停俯冲扫射轰炸，老胡无法开车灯行驶，小马探身在外指挥开车，两人齐心协力和敌机周旋，终于冲过了封锁线。老胡叫小马坐回原位，却发现小马已经牺牲了。从此，新来的副手发现老胡每天出车前，总要摘一束枫叶放在挡风玻璃前，每当车开动，红红的枫叶就在风中跳动起来像燃烧的火。这篇《枫》我少说看了十来遍，每看一遍就有想流泪的感觉，而且我从此爱上了枫树，虽然我那时不知道枫树长得是什么样子，只知道枫叶是红红的，它在风中跳跃如鲜活年轻的生命。

我们队里有书的人家是金德家，他家有一个小小的长方形的木箱子，里面装的全是小人书，平时用锁锁着，不轻易给人看，怕借出去别人不肯还。小人书页都已发黄，画的大多是杨家将和七侠五义的故事，可惜都残缺不全，看了只是吊人胃口，只觉得人世间自有忠义仁信和英风豪气在，即使是零零星星的只字半句也都是精彩。

我家亲戚中唯大姨妈家里有一些书，因我的大表哥爱拉二胡和看书。我每次去大姨妈家就翻看那些书，大表哥就送了我两本书，一本是七十二回本的《水浒传》(上册)，一本是《钢铁是怎样炼成的》，两本书都是竖排本，且都是繁体字。我还是第一次看竖排本和繁体字，看竖排本像看母亲做的赤豆条头糕，黑黑的条头里满是馋人的香味；看繁体字像囫囵吞枣，根据上下文连读带猜识得一行字和晓得一句话的意思，来不及去细辨每个字的笔画。

《水浒传》后来不知借给了谁。《钢铁是怎样炼成的》没有借出去，因为别人以为是一本讲炼钢炼铁的书，南浜的丙新阿哥借去翻了翻，说外国人名字太长记不住就还给了我。我无书可翻时也会看看这本书，记不住的是保尔·柯察金关于虚度年华的名言，记住的倒是奥斯特洛夫斯基长长的名字。

我回乡种田后自己有了钱就买书，当时书店里也无书可卖，隔一段时间才能在书店里看到一本书。我总是看到一本就买一本，先后买了《艳阳天》《较量》《江畔朝阳》《牛田洋》《飞雪迎春》

《春潮急》《金光大道》等。不要说这些书写得如何,在当时也只有这些书伴我度过了寂寞和荒芜的岁月。

后来我在上海图书馆和新华书店看到那么多书时,真是既惊又喜又恐慌,惊的是世界上竟然有这么多的书,喜的是我终于可以大看自己喜欢的书了,恐慌的是我活了二十多年读过或看过的书实在太少了。于是我一有空就看书,只是我读书全凭兴趣,读的书五花八门,学的知识杂七杂八,所以读到后来如苏格拉底所说仍然是一无所知。幸好我有一点自知之明,在许多场合能保持一份沉默,所以人家也就不知我的底细。

时至今日,我是读书读得多,看书看得少。比如去培训、在单位学习就等于是小时候的读书。而自己买一本喜欢的书在家有空翻翻,就是看书。只是我已经有很长时间未去书店了,即使是好书多多也都一一失之交臂。

梨花落后清明

我们乡里人清明时节祭祀和扫墓称为“做清明”，当年有亲人亡故的做正清明，隔年有亲人亡故的做寒食日。清明节前七后八一共 16 天，一般人家除正清明和寒食日外可任选一日“做清明”。

“做清明”前预先定下日子，请好长辈亲戚，买好香烛锡箔，折好元宝，备好菜肴水果糕点，祭祀用的器皿也要一应俱全。

祭祀时有两个八仙桌的就拼成一个长桌席，没有两个八仙桌的就摘下一扇门板搁起来当长桌席。长桌两边放上酒盅，一边酒盅倒的是黄酒,一边酒盅倒的是糖水。筷子大多放右手筷,也放几双左手筷,因为列祖列宗中也有用左手吃饭的。酒盅放得间隔小,我数一数一条长凳上要坐好几人,列祖列宗坐在一起一定觉得挤,但他们一定体轻如燕翩然有风度,谦和礼让像是赴国宴。我只是瞎猜想,却是不敢问大人,因为这一天大人的脸上都有诚心诚意的严肃和正经。

此时,长辈和亲戚都来了,穿着新衣和新鞋。虽是燕集宴饮,却是和睦有礼、谦恭有敬,因清明节是人鬼神共有的节日,这吃清明饭与往日里饮酒吃饭都不同。

其时捕捞大队的渔船上已有各种小鱼买,还带着海腥气,买回来剁成鱼酱,做成鱼饼子,可以作为祭祀时的一道菜。还有长江里的刀鱼是清明节前肉最嫩,一过清明节骨头长得硬了就不好吃。南汇沿海的白虾壳还软,清水煮一煮虾壳虾肉俱纯白如银,不像一般虾一烧满身红。

清明节里好吃的菜还有炒青芹和竹笋腌鲜汤。芹菜的根部有嚼头,嚼出来满嘴是清香;竹笋腌鲜汤里的竹笋有点老了,因为老竹笋比刚上市时已跌了不少价。

据说祭祀过的菜肴和未供祭祀的菜肴味道已不同,这种不同也许只有仙人吃得出,我们凡人一样吃得津津有味,在清明节里能一饱口福,说起来还是托列祖列宗和阎王爷的福。

祭祀完毕去扫墓,墓地大多在田野里河坡边。有的墓碑上有遗照,这是他或她留在世上的唯一的也是最后的一样东西,依然如他们生前一样被日晒风吹雨淋。墓碑上大多没有照片,有的甚至连墓碑也没有,只在地面上做一个记认。

祭祀和扫墓都要烧纸钱,烧纸线时不能两张夹在一起,要一张张用手指分开来烧。据说未经手指分过的纸钱,阴间的人收不到。

红烧肉

小时候，总是盼望父亲回来。每当星期六的傍晚，我们姐弟几个就轮流不停地向我家东边的小路张望。同时想象父亲下午早早下了班，从那个遥远的大城市出发，乘轮渡船过黄浦江，不停地转乘公共汽车，直至到达我们家乡的小镇上。然后走过小镇三角街、朱家场院、屋舍稠密的孙家宅，走上我家东面狭长草路时，我们就看见了父亲。

每次看见父亲时，我们就迎上去，说不上欢呼雀跃，而是有点怯生。每次回家，父亲总是拎着一个黑色手提包，里面总是放着一块长长的肋条肉,用报纸包着。包里散发出一股皮革、报纸和生猪肉混杂在一起的味道,连同父亲身上干净的自来水味,闻着很是亲切。母亲和大姐把包里的肉拿出来切好洗净,放在锅里煮烧,父亲倒了一小杯白酒慢慢吃起来,我们都已吃过晚饭了,就围坐在桌边看着父亲吃饭,一边和父亲说话。一会儿,母亲端上烧熟的红烧肉,屋子里就都是刚出锅的红烧肉的香味。父亲让我们吃红烧肉,我们就每人吃一块,那情景就像过年一样。父亲也有星期六不回来的时候,我们等到晚上七点过后,就知道父亲这个星期肯定不回来了,因为川沙城里的末班车已经没有了。有时父亲回来时手提包里没有肋条肉,那一定是父亲来不及买或手头没钱了,他一进门就会说,不要看了,包里没有什么。那声音里似乎有着一份歉疚。如果是来不及买,第二天一清早,父亲就会到小镇上去买一块肋条肉回来。

那时我家里所有饭菜都在灶上烧。母亲烧什么菜都简单了事,烧这红烧肉,也就只放点酱油、黄酒、盐、糖什么的,绝对不会放超过一般人家烧红烧肉标准的其他调味品。有时为了保持肉的油水,连白水都不出。就是这样的红烧肉,却让我们吃得津津有味。现在想来,这样的烧法大概反而保持了红烧肉的原汁原味,而且从根本上说,那时肉吃得少,所以无论怎样烧都是好吃的。

刚出锅的红烧肉好吃,已烧熟的红烧肉第二次吃时放在饭锅上蒸一蒸更好吃。后来我每次回乡下,总是让母亲在饭锅上蒸上一碗已烧熟过的红烧肉,饭锅上蒸的红烧肉又酥又软,又有一种特殊的香味,这种香味是我闻惯了的,已经在我家的饭桌上氤氲了几十年,闻着这种香味,吃着母亲煮蒸的红烧肉,小时候的往事就一一来到了眼前。

◎ 路边小屋

白　菜 ◎

白菜

白菜古时称“菘”，明朝李时珍在《本草纲目》中记载：“菘性凌冬晚凋……有松之操，故曰菘。”元朝时民间开始称其为“白菜”。北地无菘，明代以前白菜主要在长江下游太湖地区栽培，但至清康乾年间，北方大白菜的产量超过了南方。

白菜之味，南朝齐人周颙称“乡味之美，春初早韭，秋末晚菘是也。”清人《津门纪略》中记有：“黄芽白菜，胜于江南冬笋者，以其百吃不厌也。”故又有“北笋”之称。

在我们乡下，白菜又称黄芽菜，其身价在青菜之上，男婚女嫁办喜宴，白菜要比青菜用得多，婚嫁前一天的晚饭菜有肉丝炒黄芽菜，正日的早饭菜有油走肉炒黄芽菜。酒席的菜肴里，三鲜用的陪衬蔬菜一般也是黄芽菜；咸肉切成薄而透明的八片，衬底一般用老水笋，但用黄芽菜也相配，不会失东家的面子。

入冬上塘开河，黄芽菜和冷冻猪肉是计划供应的。冷冻猪肉和黄芽菜均切成块，一大锅一大锅地煮熟，一盆一盆地端出去，上塘民工平常吃不到这么多的肉和黄芽菜，虽然挖河风吹雨淋一身水一身泥的辛苦，但天天有肉和菜吃，便觉得如同天天在过节。

我们乡下人家平时不大会买黄芽菜，即使买也要等到过年节。记得那时春节前，母亲和姐姐划小船到祝桥镇上买油盐酱醋、年糕杂货，再买十几棵黄芽菜。黄芽菜放在地上怕烂，母亲叫我们用筷子穿过菜根，拴上绳子挂在屋里的木梁上，与悬挂着的各种篮子挨在一起，琳琅满目像在开什么博览会。

我家里种黄芽菜是在父亲退休后，他每年秋天种一畦黄芽菜，又是浇水又是施肥忙得不亦乐乎。黄芽菜未卷时，叶子碧绿毛糙如小蒲扇般大；卷起来后，外面一层是老叶，一层层剥下来，越里面的叶越黄越白越嫩，最后是一颗晶莹如玉的菜芯。我想这大概也就是黄芽菜名字的来历。

每年黄芽菜卷成形后,父亲总是去按每棵菜的头,看卷得是否紧是否硬,越紧越硬就越好。父亲退休的第三年,中风住院四十天,家中忙乱,田园荒芜,那年秋天又特别干旱,父亲种的黄芽菜全部干旱而死,幸好父亲终于出院且能站立行走。

父亲的病

一

父亲小便堵塞，只能插导尿管，医生初步诊断为缺钾。缺钾会引起无法小便，我总觉得太过玄妙。

医生给父亲打吊针补钾，打吊针连续两周后，父亲虚弱得无法下床，医生说可能是脑梗，建议去上一级医院做 CT 检查。我对医生说，父亲第一个星期每天打吊针至下午四点钟才吃中饭，第二个星期每天打好吊针后吃不下中饭，就索性不吃，营养得不到补充,加上一直卧床,吃的药又伤胃口,这极有可能导致虚弱无力。医生说打吊针时不是也可吃饭吗?!我说我们都这样劝过父亲,但他就是一定要等到打完吊针后才肯吃饭,我们对他这种习惯无可奈何。护工老张说,你父亲就是这样的,以前每天吃苹果汁,下午两点钟未到不吃,超过两点钟了也不吃。老张的话让我想起了每天黄昏准时散步的康德,人们看见康德就等于看见了时钟,但遗憾的是父亲不是康德,18 年前当他能像康德那样去散步的时候,却中风了,他的生活和世界一下子就坍塌了。

医生接受了我们的建议,停止打吊针,让父亲恢复日常的生活和饮食,补钾的口服药也每餐减掉一粒。父亲果真一天天恢复过来,能准时吃饭和下床行走了。

父亲的病情虽然好转,但还是不能离开导尿管小便。我先后请了几家医院的医生会诊,几家医院的医生诊断比较一致:小便失禁,可能为低钾引起,也可能为膀胱肌肉神经性失控所致。如是后一种可能就要终身插导尿管,除非进行膀胱造瘘手术。但目前的治疗方案只能是补钾,观察一段时间再说。

这样治疗了大约有一个月,父亲的体力渐渐恢复,医生试着拔下父亲的导尿管后,父亲竟然自己能小便了,我不由得松了一口气,心想一个人控制自己的小便并不难,难的是一辈子能控制自己的小便。

二

父亲拔下导尿管后大概两周,谷丙转氨酶和黄疸指数突然升高,医生怀疑父亲胆道堵塞,B超检查父亲的胆囊不显示。医生说镇卫生院的黑白B超太老化显示不出,如果做彩超肯定能显示。我问为何不配置彩超,医生说国家规定乡镇卫生院均不能配备彩超,要做彩超只能去城里的医院。我想国家把优质医疗资源集中到城市没有错,只是苦了乡下的百姓,做一个彩超就要去城里,但这样也许对发展交通事业有好处。

城里医院的彩超和CT检查发现父亲胆囊里有大量结石,有一段胆道壁增厚,医生怀疑可能是石头堵塞,也可能是长了不好的东西,建议去浦西的东方肝胆外科医院作进一步检查。

在东方肝胆外科医院,医生让父亲做核磁共振检查。我陪父亲进了核磁共振室,医生让父亲穿上厚厚的防护衣,我知道核磁共振是有辐射的,但医生没有叫我穿防护衣,说明在机器外的辐射应该于人体无碍。核磁共振的机器是个又白又大的圆滚滚的东西,看上去像个大大的蛋卷,只是远没有蛋卷那样亲切。父亲躺在一个床垫上被推进这个蛋卷中,我站在蛋卷外只能看见他的头顶。医生在另一间房子里看着计算机操作机器,中间隔着一层厚厚的玻璃。医生要我捏住父亲的鼻子,捂住父亲的嘴,以让父亲屏住呼吸。如此反反复复不下20多次,父亲被我捏捂得大口出气,我一放手就听见他在大声骂我。大约过了20分钟,总算完成了检查。医生推开厚重的金属门走进来与我一起扶我父亲下来。我急切地问医生检查情况,医生淡淡地说是石头,我心里的一块石头落了地。

父亲的胆总管被一块石头堵塞了,需要做一个ERCP手术把石头取出来。所谓ERCP就是类似做胃镜,将一根管子伸进胃里再延伸到胆总管,把石子取出来。东方肝胆外科开展这个手术在全国是首创。一般手术时间只需30分钟,患者无痛苦。

父亲进手术室前,麻醉师要我在麻醉和不麻醉两种手术方案中作一选择。医生说麻醉为全身麻醉,半小时后苏醒,但你父亲中风过、高血压、年龄大,麻醉有一定风险。我问做这种手术的患者选择麻醉的比例有多少。麻醉师说大约各占50%。我问如果不麻醉做手术是否会很痛？麻醉师说等于做胃镜，只是难受不会痛。我问是否有不麻醉的患者由于难受不予配合而导致手术失败的先例？麻醉师说这倒从来没有过。我就决定选择不麻醉。

根据医嘱，我对父亲说了将要进行的手术的大致情况，强调了配合好医生的重要性。前几天我曾对父亲说过类似的话，所以父亲早有思想准备，心情显得比较放松。大姐、三姐说父亲刚才在休息室里等候时，还在开玩笑说女护工的某个部位大，引得大家哄堂大笑。大姐、三姐还说，自小至今还是第一次听父亲说这样不正经的话，我说父亲大概是返老还童了。

父亲手术后出来，眼角有些泪花，我向他竖起了大拇指，他无声地笑了。医生说手术很成功，卡在胆总管里的石子很大，把胆总管划破些也无法取出，故用激光粉碎后取出。

几天后，父亲嚷着要出院。医生说明天早晨做个血检，黄疸、转氨酶降下来了，明天下午四点钟就可出院。第二天我去医院，护工对我说，昨夜你父亲一夜未睡安稳，一早就起来，要我把行装全收拾好；对他说还早着呢，他就生气；对他说万一化验报告出来情况不好就走不了，他大声说也要出院。我见父亲果然穿戴整齐坐在床边，床铺叠得平平整整。我知道化验报告出来之前是不能走的，但是父亲一直追问我什么时候可以走，我就跟他开玩笑说：出院是要钱的，你有钱吗？父亲摇了摇头。我说你不交钱医院不放你走的，我们就把你抵押给医院了，我们可就走了。我指了指大姐、三姐和护工，父亲瞪大眼睛看着我，噗地笑出了声。

三

父亲不肯吃饭，医生说父亲的身体没有异常之处，可能是刚过大暑天胃口不好。为了增加父亲的食欲，我就问父亲要不要吃大汤黄鱼。小时候，父亲用咸菜和黄鱼放在一起烧汤，美其名曰大汤黄鱼。又问他要不要吃走油肉。父亲每年过春节总是自己要开油锅煎走油肉，但他煎的走油肉，皮总是不皱且硬邦邦的，别人不敢恭维，他只能自得其乐。他听了大概想起了烧大汤黄鱼和煎走油肉的情景，不禁笑了笑，但是摇头表示不要吃。

我又说你那时在厂里，吃晚饭一边喝黄酒一边吃花生米。黄酒是在一个大坛子里，舀的勺子是你用毛竹筒做的。花生米是母亲在家里炒的，装在一个密封的玻璃瓶里。你一边喝黄酒，一边看《新民晚报》，那花生米真香，黄酒是正宗的绍兴黄酒。我还说你每个星期六回家来，拎包里总是有一块肋条肉，用报纸包着，母亲烧肉，你就用一个玻璃小酒盅喝白酒，喝时会发出“啵”的一声，听起来很滋润的。父亲听了只是笑笑，对吃饭这件事似乎毫无兴趣。

父亲虽然对吃饭毫无兴趣，但他知道饭总是要吃的。所以到了吃饭时间，他就围上毛巾，把饭单放在膝上，开始吃中饭。他用匙子把米饭送到嘴边，张嘴吃时总有一半米饭会掉下来，也有一些粘在嘴唇上。他咀嚼那些米饭也颇费时间，像夕阳下老牛的反刍，似乎正在咀嚼往事和黄昏。我从来没有注意过父亲吃饭，也许是因为以前父亲吃饭从来没有成为一个值得关心的问题，而现在我看着父亲吃饭的样子，心中不由得有点悲凉。大概在父亲眼里，吃饭已经成为一种形式和负担。吃好中饭，他有点如释重负的样子。

这样过了几天，父亲仍是吃不下饭。我们不放心，就将父亲送进了城里的医院。CT 检查父亲为肺炎，血色素下降至 6 克。父亲吃不下饭原来是肺炎所致。医生说，有的老年人得肺炎是不发烧的,所以容易被忽视。

几天后,医生给我说了父亲的情况:用了五天抗炎药,在父亲的尿液中发现霉菌,正在查粪便,如也发现霉菌,就不能再用抗炎药。但不用抗炎药,肺炎就不能得到控制。我问:不是说抗炎药用得时间长了才会产生霉菌吗?医生说因为你父亲身体虚弱,蛋白和血色素低,故容易生霉菌,就如一段老朽的树木会长出霉菌一样。医生又说,抗霉菌的药,会损伤肝功能,影响肠胃,所以不主张用,最好是采取支持的办法,即一方面给患者输血、输白蛋白等,一方面尽可能让患者多吃一些有营养的食物来增强体质。

经过一个阶段治疗,父亲病情明显好转,血色素回升至 9.6 克,烧也退了。其时正逢我外甥结婚,父亲提出要去吃喜酒,我说:你不是什么都不要吃吗?!他伸出左手在空中一挥,大声说什么都要吃的。我说你现在变成一个馋老鬼了,我小时候没什么吃也比不上你现在这么馋。他笑出声来,看上去有点难为情的样子。

父亲吃药时咳个不停,护工对我说,她护理过不少病人,只要是中风或脑梗过的病人,一旦吃东西就会咳,这与他们的脑神经受损有关。我看着父亲咳得脸红耳赤的样子,想起刚才他想要吃这吃那的话,不由得黯然。

父亲住院期间,我白天比较忙,一般在晚上去看他。有一天因忙得晚了,怕影响父亲的睡眠就没去看他。第二天晚上去看父亲时,父亲一看见我就笑了。护工说,你父亲一直在盼望你来,只要门口有人走过,就盯着看是不是你。我坐在父亲床边的沙发上,他就侧过身来目不转睛地看着我,眼睛里都是笑意。我想世界上还没有一个人这样长久地看过我,这是一个寂寞老人对亲情的一种渴望。

医生告诉我父亲出院的日期后,为了避免父亲兴奋得难以入睡的情况再发生,我关照医生和护工不要告诉父亲出院的日期。可是当我在父亲出院的隔晚去看他时,护工告诉我,护士已经把出院的消息告诉你父亲了。我走进父亲的病房,果然看见父亲一副喜笑颜开、兴奋不已的样子。我就狠下心来对父亲说,护士是瞎说的,医生说你明天不能出院。父亲的脸一下子冷下来,用力一挥手说,明天一定出院。我说即使明天你能出院,我也没空来接你。你今晚不要想出院的事,睡得精神足足的,明天医生看了再说。父亲神情沮丧地点了点头。我心里也很不忍,就陪着他多坐一会儿,但他一语不发。后来他打了一个哈欠,显出倦意。护工说你赶紧走吧,你父亲要睡觉了。我临走时像往常一样,握了握他的手,以往他会用力握我的手,但这次他的手松弛无力,只是脸上仍然有一个淡淡的笑。我走到走廊上,护工追出来问我:你刚才说的是真的吗?我说明天出院的,你明天早晨做好准备吧。她笑着说明白了。

四

父亲持续发烧 18 天后,我仔细看了父亲的体温记录,发现最近连续一周在 37.8℃左右。我觉得父亲有一种低烧的症状,而不是肺炎的症状,因为肺炎经抗炎治疗,体温是阶梯式降下来的。我要求医生给父亲做一个 PSA 血清检查。检查结果证明了我的预感,父亲的 PSA 指标竟然达到了 439,说明这个低烧在医学上是肿瘤热。这是我最担心也是最不想看到的结果。我即去找了一直以来在为我父亲治疗的专家,专家说已持续用了两年多的药物失效了,这是目前最有效的药物,一旦失效就意味着无药可用。当时父亲开始服用此药时,我曾经看过这药物的说明书，上面写着“失效即停用”。“失效”意味着什么？“失效”意味着一个人生命的无可挽回。“失效”两个字真是太冷酷了！

周六下午我去探望父亲。病房里静悄悄的，我和父亲刚说了几句话，他就对我说你快走吧。以前我每次来，父亲总嫌我在他身边逗留的时间太短，因此父亲有时还不让我走。怎么今天我刚来他就让我走呢？这是以前从未有过的情况。我就问他为什么？他说赤佬要你走，在我们乡下“赤佬”就是鬼的意思。我问他：“赤佬”在哪里？他往右边邻床努了努嘴。邻床是一个比我父亲状况还要差的老人，正在输液和接氧。以往我每次来他还会点点头打招呼，今天我进入这间屋子时，他已经毫无反应。我想起乡下流传的关于人临终时的故事，说是人即将离世时，会有一群鬼神守候在旁。所以我想人的临终也许如人的出生一样是一个盛大的节日。人出生时会有一大群人守候在旁恭候光临。人离去时，也会有一大群鬼神守候在旁接驾西去。人出生时，守候在旁的人对这即将出生的孩子一无所知。人离去时，已经完成在人世的修行：或功德圆满，或恶贯满盈，或碌碌无为，或壮志未酬。来迎接的鬼神也许会视此人的修行成果，准备了接待的规格和礼仪。虽然父亲已时日不多,但我一直以为邻床的老人会走在我父亲的前面,所以我猜想这一大群鬼神是来迎接邻床老人的,如果这冥冥之中真有鬼神的话。我猜想他们见我进来,阳气冲了他们的阴气,所以巴不得我快点离开这间屋子,可能也是鬼之常情。问题是父亲怎么会知道他们的想法并由他来转告于我的。其实我的猜测错了,因为在父亲说这话的第三天,他就离世而去了。实际上,这是一群守候在父亲旁边的鬼神。

我把父亲说的话归之于父亲的幻觉。在一个多月前,类似的情况在父亲身上也出现过一次。那天中午他一见我就对我说,刚才有一帮女人要拉他去。我问他:你是在做梦吧?他说不是。我大姐曾说过,她婆婆去世时,嘴里一直在说谁谁谁来了,要家里人多烧点菜好好招待来客。说出的每一个名字都是村里已过世的人。我猜想人在离世时,大概是会出现各种各样幻觉的。为什么这些幻觉大多与去世的人有关,也许在将离世的人的脑海里,想象未来一定是与已死去的人在一起的,假如他们真的还有未来的话。

五

父亲去世后，按照乡下的习俗，每过七天进行一次祭祀。最重要的一次是五七之日，隔夜就摆设了供桌，桌上放上子女和亲戚族人带来的供品，都原封不动地装在马夹袋里，因为祭祀结束后，仍由上供者带回。

祭祀是中国人的传统，孔子曾说过祭神如神在的话，表示了祭祀所应有的严肃恭敬的态度。与此同理，祭父如父在。我们在祭祀时，怀着的也都是对父亲的孝诚之心，如同父亲在世时一样。祭桌上的酒杯里斟上了白酒，父亲生前喜欢喝白酒，只是24年来滴酒未沾，现在他可以开怀畅饮了。24年来他行走不便，最后几年更是卧床不起，翻个身都颇费力气，现在他可以来去自由了。也许，死真的是一种对于生的解脱。

供桌上还放上了两个猪首，猪嘴里都衔着猪尾，表示这是两头完整的猪。点上香后，三姐说有一个猪首上的眼睛睁开了，表示父亲驮着这猪首渡东海而去。因为我们这里有东海，所以三姐说是渡东海而去。如果这里有太平洋，也许就会是渡太平洋而去。但是没有海和洋的地方,就不知会有什么样的说法。我觉得应该是渡苦海而去比较恰当,也能适用于其他没有海和洋的地方。形而上的总比形而下的要普遍。二姐的说法是人死了后要渡过阴阳河。我觉得也比三姐说的要恰当。

大家就都来看这睁开了眼的猪首,确实是稍稍睁开了一条缝。二姐说原来没有注意到这猪眼是睁着的还是闭着的。三姐没有接二姐的话,估计三姐预先也没有注意到这一点。

五七之日,乡下还时兴"库"。所谓库,是子女、亲戚和族人送给死者作为储藏之用的。编扎库的主要材料是稻柴,手工收割的稻子,且用旧式机械脱粒的稻柴才能用于编扎。现代化机械收割下来的稻柴长短不一,零乱不堪,不能用于编扎。旧式生产方式遗留下来的稻柴成了稀罕之物,故编扎库的材料也有用茭白叶和纸代替的。我看见送来的库大多是用稻柴编扎的,也有少数是用茭白叶编扎的,还有稻柴和茭白叶混编的。用新稻柴和新茭白叶编扎的库颜色新鲜,还带着稻草和茭白叶的香气。

库两头小中间大,像一个站立着的橄榄。只是这橄榄不是圆的而是六角形的,从库底至库口约有 1 米高,库口是整个库的腰部,是最粗之处,也是体现六角形的最美之处,说明腰粗也可以有这样有棱有角之美。从库口至顶部也约有1米高,用芦秆结扎而成,与库口以下编扎的密实相反,是镂空的。一条条芦秆上还插着五颜六色的小旗,给朴素的库色增添了艳丽。五七之日,墙上、搭的篷帐上、路边的树上都贴了红纸,只是这库上未见红色的旗帜,想来这墙上篷帐上树上是现世人间,这库是要送到那边世界去的,所以要忌讳红色。那边的世界为何禁忌红色?当然没人能说得清楚。

库里放锡箔、花棋(棉花秆)、芝麻秆、高粱籽、棉花籽、米饭或米。据说花棋是金条,芝麻秆表示芝麻开花节节高,各种各样的籽表示子孙满堂,米和米饭表示丰衣足食……

我相信父亲并不在乎这些,他在乎的都已融藏在悠悠不尽的人世里,如同秋心寄寓在株株桂树的清芬里。

记父亲二三事

父亲说他去加纳援外，中途在莫斯科转机，晚上住宿在宾馆里。父亲还是第一次住这么好的房间，觉得尊严得不得了。只是床铺的被褥厚实，就是找不着盖的被子。问服务员语言不通，问别人又怕别人笑话自己土。只能死要面子活受罪，和衣而卧在那被褥上冻了一夜。第二天，听大家都在说找不着盖的被子，原来那被子就掖铺在床上，只要拉开来就是了。

父亲去加纳援外只有 8 个月，因为加纳国内发生政变，并发生了对我援外人员的不友好举动，援外人员就都回国了。对此，中国驻加纳使馆向加纳政府提出了严正抗议,外交部长陈毅元帅还在北京人民大会堂接见了这批援外人员以示慰问,并与大家合影留念。父亲带回了合影的照片,是一张长长的黑白照片,陈毅元帅坐在前排正中,两手放在膝上,一副从容自若之态。后面站了好几排援外人员,父亲站在末二排,与大家一样穿着黑西装,也与平日一样严肃。父亲说拍好照后,大家纷纷从凳子上下来,陈毅元帅提醒大家下来时当心,并风趣地说,在国外没被打伤,不要在国内摔伤了!父亲很爱惜这张照片,专门做了一个镜框挂起来,一直挂到文革开始才收藏起来。父亲说当时拿这照片付了 5 元钱,这在当时就是家里两个月的油盐钱了。

虽然父亲援外只有 8 个月,但他省吃俭用,居然用每月的零用钱买回来一只英纳格手表。他自己戴了一段时间就舍不得戴了,交给我母亲保管好,说将来等我娶媳妇时将这表给我的媳妇。天哪!亏他想得出来,我当时还只有 9 岁呢!

父亲在上海城里工作,一星期回家一次。原来都是乘公交车的,后来不知为什么心血来潮,改骑自行车了,说是可节省几元路费。反正只要是父亲决定的事,家里没人能反对。这样骑了一段时间倒也无事,只是父亲只在公路上骑,到了乡下的路上就推着走,为此母亲嘲笑父亲只会骑公路不会骑乡下小路。有一次,父亲推车出门,大概是为了逞强,一出家门就骑上了,但刚骑出阿权哥家的东场角,就扑通一声摔到阿权哥家的池塘里去了,幸好车翻倒在路上完好无损,人也没伤着什么。

父亲在厂里是做木工的,但他似乎对烹饪也有兴趣。节假日在家时,一早就去镇上买菜了。那时黄鱼鲳鱼价钱便宜,买回来后就做成什么大汤黄鱼、桂花鲳鱼,所谓大汤黄鱼其实就是黄鱼咸菜汤,桂花鲳鱼就是面粉裹鲳鱼油炸,与桂花没有一点关系。春节期间,他喜欢开油锅煎走油肉,只是煎出来的走油肉皮一点不皱。我长大后才知道是这肉没烧透,要烧熟至用铲子刚好托起来,托起来肉刚好不碎。下油锅前,要先放在酒酿或酒里发酵,用自己做的酒酿发酵的皮黑,用黄酒或啤酒发酵的皮黄。所以后来每至春节,煎走油肉我就成了主厨,他就只能当我的下手了。

舌生莲花

在我印象中，母亲与父亲、大姐、三姐、妹妹和我吵架是经常的，唯有与二姐没有吵过架。二姐在外读书和工作，与母亲接触少，距离产生美，母亲与她吵不起来。

母亲吵架的对象比较广泛，不仅与本氏族的人家争吵，也与氏族外的人家争吵。可以这样说，只要是与母亲有接触和交往的人，都会成为或在不远的将来成为母亲吵架的对象，就是鸡和羊、蜜蜂和苍蝇，有时也会成为母亲吵架的对象，可惜它们听不懂母亲的话，不懂得母亲的表情。

母亲争吵的内容都是鸡毛蒜皮的小事，有的根本就不是事。比如有一回要过年了，三姐用自己的钱买了一套《红色娘子军》的图片贴在墙壁上，我和妹妹看了欢天喜地，母亲却心疼万分，一定要三姐把图片揭下来退回店里。那图片已粘满了浆糊，很难再完整地揭下来，就是揭下来店里也不会要。母亲硬是逼得三姐流下了眼泪。

母亲争吵的方式大多是骂人，因为除了骂人，她找不出其他方式来表达她的正义和愤怒。她虽然没有上过学读过书，但在骂人方面词汇却颇为丰富，也许这是她平时注意收集的缘故，说得文雅一点这也可以说是一种采风。

母亲虽然经常骂人，但她恪守君子之道：动口不动手，即便骂得似乎要诉诸武力之时，也只是骂骂而已。有一次她与河对岸的堂叔婶争吵，虽然怒火填膺，吼声如雷，也至多只是越过自家的自留地冲到河边。我那位堂叔婶毫不示弱，也在对岸冲到河边。我原来以为她俩之间要爆发水战，后来发现那条河对于双方来说其实是一道安全的屏障，所以她俩尽可以摩拳擦掌，极尽谩骂恐吓之能事。

母亲与家里人争吵，每次都要赢了才善罢甘休；但与外人争吵，十有八九都是大败而归，可她偏要装出胜利者的样子，夸耀自己如何把对手骂得一败涂地。

现在母亲 87 岁，已经很久不和人争吵了。不是母亲幡然悔悟，而是她的耳朵又聋又背，已经听不见和听不清别人说的话了。对她来说，这也许是一件好事，这样她就耳根清净了，也能安静地过日子了。至于我，身上一定遗传了母亲的基因，心中也常存有骂人的欲望，只是耶稣说过，脑子里已经想过，等于已经做过。我想既然是等于做过了，再说出来就没意思了。于是就把骂人的话咽到肚子里去了。

拔花棋

我们乡下把已过收获期的棉花秆叫花棋。其时棉花已摘尽，西风吹得干干的棉花叶和壳一片声地响。春节将至，地里的活已做得差不多，村里有婚事的人家还等着队里分花棋柴烧酒水，因为花棋柴的火力足。这时队长就安排大家拔花棋。

花棋根扎得深，拔它颇费力气。有的花棋秆看上去细，但用足力气就是拔不下，直拔得人围着它滴溜溜转；有的花棋秆看上去粗，以为一个人拔不下它，就招呼同伴一起拔，结果想不到一下子就拔出，两个人收力不住，仰面坐了个屁股蹲儿。于是我知道施耐庵肯定没拔过花棋，他所以写鲁智深拔垂杨柳可以如此轻松。

我第一次参加生产队劳动就是拔花棋，拔得浑身出汗手上起泡，晚上睡觉浑身酸痛。这使我比较快地知道稼穑远比书上说的要艰难。

花棋拔下来，放在地里晒几个日头，就束成个分给各家。有喜事的人家可多分几个，不做喜事的人家也不计较，因为或许自家明年就有喜事做。

我母亲总是把分到的花棋柴堆到后壁脚。下雪天就拿几个放在灶间里。烧过的花棋柴还红红亮亮的有火力，从灶膛里拉出来放在铜脚炉里。这时屋外大雪纷飞，西北风把屋檐下的晾衣竿吹得呜呜响，脚踏着暖暖的铜脚炉，捧着一本书看就是一件美事了。

油菜花

油菜花未开时，这田野上的绿还有点嫩，有点单薄，有点弱不禁风，仿佛风一吹这田野就会伤风感冒。

三月里，油菜花开，先是零零星星、稀稀疏疏的，一转眼，就成片成片地成了气势和格局，此时已近清明。

我们乡里人看见第一朵油菜花开不上心，等到小屋边、河坡上、田野里都是油菜花时也不惊喜，因为乡村的艳即是平平常常地过日子。只是这村宅屋树、河水桥影、春风春日，都在这油菜花的映照里，人走出门去，不经意间就成了风景。

欣喜痴狂的也许是猫狗蜂蝶。狗的眼睛特别明亮起来，夜里看见了什么就低低地哭；猫三月里打春夜夜风流，白天兴犹未尽跑到田野上追逐蝴蝶；蜜蜂刚从油菜地里采蜜归来，又看上了农家自留地上刚开的白萝卜花；蝴蝶一不小心飞上了农人的草帽。

傍晚时分，捉甲鱼的阿宝拿着手电筒、拎着鱼叉从我家场上走过，他每年都在这个时节捉"菜花甲鱼"，穿一双长筒套鞋是为了提防草丛中的蛇。据说这时节的甲鱼肥，七八月份的"蚊子甲鱼"就瘦了。只是我想不明白，这蚊子对甲鱼是如何下嘴的。

"菜花黄了，南宅阿春的病又发了。"邻居阿青嫂端着饭碗对我娘说。

我听见我娘轻叹一声："这油菜花还是不开的好。"

蚕豆

蚕豆不值钱。大田里没有它的立足之地，故只能种在田埂边。比较成块的杂边地和自留地也不种蚕豆，只有种什么都不熟的边边角角才种蚕豆。

蚕豆有时也会种在大田里，但不是作为庄稼来种，而是作为绿肥来种，种它不是要收获，而是要养地力，往往与草头一样长到最旺盛时就割倒，犁碎在地里，让它腐烂成肥料。

种蚕豆极简单，用蚕豆钎在土里摇一个洞，放入一把蚕豆即可。种后你大可忘了此事，一直到明年春天蚕豆从土里长出来，长出来后也不用浇水施肥，一直到收获能收多少就多少。

蚕豆叶有的会长成喇叭形，称为“小耳朵”，村里的孩童都喜欢。蚕豆的花紫中带黑，蚕豆花开也是油菜花开之时，我们乡里人俱不把油菜花和蚕豆花当作花来看，只会唱一句沪剧：“蚕豆花开黑良心。”看看四下无人就生生涩涩地唱一句，听得隔壁厨房里的年轻嫂子哑然失笑。

我小时随母亲去地头，最喜钻到蚕豆地里去捉蜻蜓和蝴蝶。三春天懒洋洋，草头的青绿气和蚕豆花的香气催人眠，就躺在蚕豆地里看明晃晃的太阳和慢慢飘动的云朵，河边还有一架转不动的老风车，在风中发出嘎嘎呀呀的声音。

蚕豆青嫩时，清炒一盆可以端上皇帝的宴席，好吃得有人打耳光也顾不上还手。我在上初中时，有同学用咸肉和青蚕豆蒸米饭，青蚕豆当然是在上学途中的田埂上顺手摘剥的。他们总是分一些给我吃，那咸肉的肥腴、青蚕豆的鲜嫩、白米饭的香软以及方头方脑的铝制饭盒的朴拙，给我留下了深刻印象。

蚕豆开始老的时候，入口不再鲜嫩只是香，蚕豆皮已经不能吃。蜕了皮的蚕豆可磨成豆沙，做汤圆的馅，或者拌面粉做成蚕豆糕，或者晒干成蚕豆瓣，与咸菜一起烧汤吃。城隍庙的五香豆就是用这时候的蚕豆做的,味道当然很不错,只是我们乡里人即使有钱也不买来吃,因为家里有的是蚕豆。

蚕豆彻底老了,壳就干枯变黑,阳光下会听到壳爆烈的响声。黄豆壳爆烈声更大,不过那是在秋天,而现在却是盛夏。

老了的蚕豆又干又硬,如果你把花生、黄豆、蚕豆放在一起炒熟,先被拣吃的一定是花生,其次是黄豆,余下的就都是蚕豆了。

诸般农活

我回乡种田要学诸般农活，天天到田野上去劳作，虽然免不了汗流浃背，但一下子扔掉了课本、考试等诸般恼人之事，反觉一身轻松，身体也比上学读书时健壮许多。

田头诸般农活我自幼耳濡目染，虽然均是粗活但要做得它像，因为做一行像一行是谋生糊口，也是我们乡下人家做人应尽的本分。

挑担首先是肩膀上要有力气，因为百步无轻担，其次是样子要泰然从容。我们队里人挑粪，有的一路走一路泼出来，所以要摘几张南瓜叶放在粪水上面;有的一路走去步履稳实有节奏感,一滴粪水也不泼出来。我在旁边看看真的是看人挑担不吃力。

我们这里是水乡,出出进进离不开船,所以摇船撑篙人人会。我家有爷爷打的小木船,我小时候就会坐在船头上帮母亲划船,母亲坐在船尾押梢。我长大了就让母亲坐在船头划船,我坐在船尾押梢,因为押梢的人一定要比船头上划桨的人力气大,否则梢就押不住,船头就会偏东偏西撞浜岸。

队里有五吨和一吨半的水泥船,我们都会摇。一吨半的水泥船摇起来轻松又快捷,我也会摇得它飞快水上漂。傍晚收工时与几位年青后生摇船回家来,虽然没有落花逐轻舟的浪漫,却也有《水浒传》阮家兄弟芦花滩头打鱼回来的俊爽和痛快。

割麦割稻要割得快,稻根麦根要割齐整。我一畦割到头就想在田埂或割下来摊开的稻麦上躺一躺,因为腰酸痛得直不起来,但村里老人说小孩子家是没有腰的,所以腰酸背痛不能说出口。一畦稻麦割到一半腰酸麻了就蹲着割,蹲着割要慢许多,腰渐渐不酸痛了就再站起来弯腰割。

拔秧要一根一根拔,拔下来的秧要根根清爽黏泥全部洗干净,插起来才能分得开,否则根须与根须会紧缠在一起。我插秧左手一把秧总是分不开，分不匀，左手大拇指总是不听使唤，所以插得特别慢，一会儿就落在别人后面，但我也不想学得快，因为队里的男人一般不插秧，挑秧扔秧后就去做别的活，除非无其他农活可做才来帮女人们插秧。早已插好一行秧的人从田埂上走过去，看见我插的秧就说插得笔直和端正，我听了哪里敢有半点骄傲，我知道她们是在安慰我秧插得慢。

我们队里男人要会牛犁耖耙和抛粮撒种。抛粮撒种是月良教我的，抛撒时手腕用力，把麦粒和谷粒在空中抛成一个个伞状，一团团散落在泥土里，长出来的麦苗和稻秧才匀称。牛犁耖耙都是队里老农做，轮不到我们年轻人，我们也对牛犁耖耙无兴趣，兴趣是在开拖拉机耕地和耙地，觉得开辆拖拉机要比驾驭一头牛威风，当然现在是想驾驶跑车和学习开飞机。

堆麦堆稻是在社场上，也大多是老农来堆。麦子或稻子一层层堆上去，站在麦堆稻堆上的人看上去很高，而平常在田野里的人看上去甚至比庄稼还要低。麦堆稻堆越堆越高，到晚上上面就有一个大月亮，像乡下女人的银盆脸，但是站在麦堆稻堆上能摘到月亮的老农早就回家睡觉了，月亮下没有约会和爱情。

麦收

麦子割下来先在地里吹吹干，过几天再收到场上去打。村里人收麦子一般是女人束男人挑。束麦子要束得紧，会束的束成长方形，有棱有角麦根一崭齐。不会束的捆成个圆子，挑担时不易调上肩，又易散。

麦担相对比较轻，因为麦子已晒去湿气，像新洗的头发一样蓬松，男人挑起麦担来快步如飞像一阵风。我在书里看到英国人和俄罗斯人收麦子是用牛车装，麦子高高地装在牛车上逶迤而来，天边有大大的太阳，路边有开花的苹果树，牛车上坐着戴宽边檐大草帽的农人。他们大概把麦收当作节日来过了。

我们把麦子挑到社场上，女人就开始打麦子，噼噼啪啪的打麦声响彻整个村庄。还有边打边唱的：一路麦，两路麦，三路开始打大麦。麦子多，麦子少，粒粒黄金不肯卖。这情景也不亚于过节日，只是男男女女都汗流浃背，这节日过得也真辛苦。裴多菲说麦子成熟了，爱情也就成熟。这说明爱情是在汗水里成熟的。

麦子打完后，麦柴就晒在太阳里，白亮亮地一片。这麦柴在田野里没有这样白，仿佛是太阳把它晒白了。烧饭的孩子伏在灶膛口拼命吹麦柴里的火，火突然蹿出来烧焦了孩子的刘海。

麦收之后是收油菜。油菜一定要在早晨割，因为早晨露水重，油菜荚不会开裂。油菜比麦子长得高，又纠缠在一起，比麦子难割，割时要穿长袖长裤，但蚊子和小虫还是把脸和手咬得又红又痒。割好油菜回家吃早饭时，袖子和裤脚肯定也被露水和汗水湿透，须换一身衣服再出工。

麦子油菜收割了，田野里有点空荡荡，一伸手就能摸到吹来吹去的风。黄昏时分，孩子们还在挖油菜根，油菜根晒干后能当柴烧，火力虽然比不上花棋旺，但是自己拾的柴可以不出一分钱。

麦子油菜收好后，就放水犁地插秧。麦子地油菜地一放水，蚯蚓就爬得满田满田埂，大人小孩就齐去捉，捉回去养在木桶里，每天拿来喂鸭子，鸭子吃了鲜食生长得快，母鸭也能多下蛋。这时已是初夏，赤脚走在水田里，脚心吸了地气水气和庄稼青草气，有点酥酥痒痒。当然也有麦根油菜根扎得脚底痛，但多扎几下脚底就老了。这时下的雨也有了暖意，提了满满一桶蚯蚓冒雨走回家，额上湿漉漉，也不知是雨还是汗。

一肩明月旧生涯

我们村里只有一辆手扶拖拉机，平时和农忙时连耕地还来不及，让它代替人力运输想都不敢想，而且即使有车也无路，我们乡里方圆几十里地没有一条像样的道路，乡村连着乡村的是弯弯曲曲的泥路，田野连着田野的是草径，只有一条南北穿乡而过的川南奉公路是国道，每天有班头冷清的公共汽车停停靠靠，偶而还有几辆城里的卡车驰过，上面坐着风风光光的工人老大哥。公共汽车是乘客的，卡车是运货的，当然不能指望它们来装运我们乡村田野上的麦子稻子和肥料。因此，麦子稻子都是由我们乡里人从田野上挑回来，化肥大粪草塘泥都由我们乡里人挑到地里去，所以我们乡里男人一生下来，父母就指望他长大后身体壮实有力气，一肩能挑得起三四百斤重的担子。乡里女子找婆家，首先看重的也是男人的体魄和力气，好把自己的一生托付给他。

我们乡里能挑担的男人，大多生得粗壮结实，膀宽腰圆。也有肩宽腰窄的俊后生，像浪子燕青一样好身材和好身手。我们村里人还说，会挑担的男人小腿肚子像黄花鱼的腹，看上去有力有弹性，于是大家挽起裤管时都看别人和自己的腿肚子，看来看去都不像。

我一开始挑麦挑稻，两支胳膊无力，扁担调不上肩，挑两桶水走起来泼汤泼水，挑猪肥时小腿肚碰得又青又肿，裤管和鞋子挨碰得又脏又臭。挑担样子最难看的是和我一起回乡种田的孙国其，他比我年长一岁，却长得矮小瘦弱，每次挑担总是龇牙咧嘴、苦大仇深的样子，特别是重一些的担子，压得他像螃蟹一样歪斜而行，如果是挑粪就要远远避开他，免得被他撞个满身粪。

我们乡里人种地男女大致有分工：挑麦挑稻挑秧挑肥等活大多归男人；锄草松土、拔秧插秧、摘花种菜的活大多归女人。刚毕业回乡的学生骨头嫩，一般头几年都随女人做女工。我因为长得高，所以一开始就做男工。为了长力气，我在自己屋后装了一副砖头担，有空就去挑一下，挑了一段时间感觉轻了就加几块砖。场上有一棵苦楝树，一根枝桠伸出如单杠，我每天都要做几次引体向上。一年半后，我肩上有了块肉疙瘩，胳膊和胸背上有了肌肉，虽然力气不算大，但一肩也能挑得起三百斤。

只是有一次挑河泥，我不小心受了伤，呼吸时左胸隐隐痛，正好我去川沙县城参加一个培训班，和我一起去的还有我中学时代的张老师，他带我去县医院看伤科，当时排队候诊的人很多，老师说我这个小阿弟插队在安徽，是今天下午的火车票，排队候诊可能要来不及。看伤科的是个五十多岁的女医生，一听我老师的话就先给我看伤，她给我开了五帖中药，还顺便问我安徽插队的情况，都是我老师一一来应答。回到县城招待所住下来，第三帖药后早晨醒来左胸无一点痛，两手一撑就起床，好像这伤痛被谁一下子拿走了，浑身顿感一轻松。回家来方对母亲说，母亲责怪我不早对她说，又逼着我依方续了几帖药来煎服。

后来土地承包到户了，我家分得八分口粮地。我虽然已去当教师，每年农忙季节还是要当农民，一根扁担仍然离不开肩。一直到上世纪九十年代初，我感觉挑担已有点力不从心，就把土地转让给了别人。从此全家每年买粮吃，成了农村里的城市人。

收稿

农忙时，大队要出战报，我是业余主编，稿源由各生产队的通讯员提供。每出一期战报前，我都要去各生产队采访或收稿。

我采访或收稿大多是在白天收工和吃过晚饭后。当然，我也完全有理由在白天劳动时间去采访或收稿，只是我不想这么干，一个大男人，在别人热火朝天的劳动时间，在各个宅村里转悠，是会被人笑话的。

我如果在蔡家宅收不到稿，就会去采访一下生产队长老蔡。老蔡除了种地外还会杀羊，每逢过年过节，很多人家的羊都是请老蔡杀的,老蔡杀羊从不收钱,只拿羊毛和一副羊小肠。老蔡不识字,但听觉异于常人。比如广播里播放毛主席语录"世界上怕就怕认真二字",他可以听为"要到施家浜泡两壶开水";"听话要听党的话",他一直听为"要到川沙打电话"。好在羊不会说话,否则不知会被他听成什么。

有一次我去收稿时,他正在听广播,广播里正在开批斗大会,会场里有点乱,大概是群情激愤,就有人领呼口号:"加强纪律性,革命无不胜。"老蔡很有把握地对我说:"今天被批斗的人名叫吴伯生(无不胜)。"我不能扫他的兴,只好顺着他说,否则等会采访他的任务就难以完成。

像老蔡这样有趣的生产队长,还有孙家宅的老孙,他喜欢给人起绰号,他看到一个人,就会随口给人起一个绰号。他起的绰号常常会流行开来,以至于他队里有不少人到后来,人们只记住了他们的绰号而忘记了他们的本名。他最喜欢的一件事,是让小孩子用手指轻轻挖他的耳孔,挖着挖着他就会有蒙蒙眬眬的睡意,如果他是坐着或躺着就一定会睡过去。只要在稿子里写到他一句半句话,他看到或听到了就舒服得仿佛有小孩在挖他的耳孔。大概也是这个缘故,他从来不给我起绰号,所以我的本名至今完好无损。

我收稿至杨家宅。杨家宅是大队干部平时集中办公之地，有一间简陋的办公用房，也是我农忙时刻钢板油印战报的地方。我问杨家宅的通讯员这几天大队支书和大队长的工作情况，知道他们每天只是下地与大家一起干活，没有开什么会议，发什么指令，因而对他们也写不出什么报道来，战报上没有对他们的报道，我相信他们也不会介意。

收稿时我还要去碰头一下粮管员，他手里有一张农忙时各生产队完成生产任务的进度表。如果需要，他会让我把表刊登在战报上。

我每次收稿都会走遍八个生产队，收完稿沿着河塘江回家，那幽幽的河水里写着的都是我家乡的月光和星光。

春花秋月

那是一个初夏的上午，我在社场上修理一架喷雾器。一位女社员下午要用这机器去棉花地里喷打农药。我其实对修理这东西不内行，修理它大多是出于好奇，当然也是由于需要。修理完毕后，这位女社员把这架机器背上了双肩，像个冲锋队员似的。由于背了东西她弯不下腰，就要我把放在地上的一个农药瓶拿给她。当我把农药瓶递到她手上时，我发现她的脸一下子羞红了，而且她脸上的红似乎扩散到了周围的风里，风和阳光仿佛被电过了一样有点麻烫。那年我 17 岁，高中毕业刚回乡劳动没几天，与她虽然从小认识，但素无交往。这可以说是我参加队集体劳动以来与女孩子的第一次接触，也是平生第一次看见成年女性的羞涩。这女孩比我大两岁，但她的羞涩却比我要年轻。那羞涩有点感动了我，那是一个人自然流露出来的本真，就像我在田野上看见的晚霞一样绚烂如花。

我们生产队里有一帮像我这样大的男孩，也有一帮像我这样大的女孩，但我没有听说过谈情说爱的事，至多只是说谁与谁之类的玩笑话而已。有一个女孩与我同岁，也是我的同学，长得细皮嫩肉，好像这田野上的阳光和风没有吹晒过她似的。在一起插秧时，有人开她的玩笑，让她嫁给我，她听了只是抿嘴一笑，好像一阵风吹过她的头巾似的，她只是把头巾拉拉好。有人开我的玩笑，让我娶了她，我充耳不闻只顾插秧，将一株株秧苗插得毕端毕正。我知道她未生此心，我也未有此意，故而心里反倒是一片坦荡，可以容得那万千春花秋叶来绽放。只是因了那玩笑，我对她有一份牵记，就像路边听见有凤鸟啼，明明叫唤的不是我，却忍不住要回头去向那花叶丛里看一眼。

记得有一个农忙季节我一清早去收稿，收到石家宅一位女青年家的门口，她家门开着，只是静悄悄地好像没有人。我就大声问家里有人吗？她应声从里屋走出来，只穿着内衣和短裤，似乎是刚被我叫醒，脸上还有枕席印和淡淡的红晕。我平日里下地和上街看见的女孩子都穿长袖和长裤，最多也就穿短袖，只穿内衣和短裤的女孩子还是生平第一次看见，不由心头震惊一时说不出话来。我收好她的稿子就匆匆离开，好像干了一件见不得人的事，只是她的样子再也难以从脑子里消除，觉得她穿成这个样子原来可以是这样的明净和妩媚。从此我再也不敢清早去收稿，因为我怕惊着了栖宿在生命深处的一滩鸥鹭。

男婚女嫁

我们乡下毛脚女婿第一次正式上门叫“裁红”，也叫“通脚”。“通脚”的意思可以理解，就是毛脚女婿的脚从此获得了去女方家的通行证。“裁红”的意思乡下的长辈也语焉不详，我只能猜想这爱情和婚姻好比是一幅红锦，男女双方共同来裁剪要做成美丽合适的生活衣衫。“裁红”这一天男方要行盘礼，盘礼一般是六至八样，主要是鲜肉咸肉各一块、酒若干瓶、活鸡一只、活鱼一条，其余是白糖、红枣、桂圆、蛋糕等各一份。香烟可作行盘之物，但不列盘礼之数。主要的几样是盘礼的基本礼数，其余的几样可用别物替代，总之是要吉利喜庆的好口彩。女家收受盘礼不照单全收，按规矩要退还几样，其中活鸡活鱼是必退的，什么缘故我不清楚，反正对鸡来说是一场虚惊，对鱼来说是一样的命运。

“裁红”后，男女双方就成为亲家，可以名正言顺公开往来。逢年过节和祭祀之日，就可互邀吃茶吃酒。女的到男家穿新衣服，小辈叫新阿姐，长辈叫新小姐，男家上上下下就多了一份新鲜的喜气。来往一段时日就择日订婚。订婚时毛脚女婿脚上毛已褪去，进化为准女婿，与媒人一起担着盘礼去女家，盘礼依然如“裁红”时一样，只是增加了红包和喜糖。红包里是沉甸甸的人民币，都是男家的心血和诚意。喜糖女家一般收受下大部分，红包也有悉数退还的，不是要显示女家的大方，而是确实有一份对男家的体贴。订婚后男家女家的喜糖要分发到全村每家每户，全村的人就都知道谁家的孩子与人订了终身，这喜糖里除了喜庆还有一份人生的庄重。

男女两家举办婚礼前要“话通”，“话通”就是由男家与媒人商量婚礼的日子等事宜，再请媒人去女家沟通。其实男女两家早已有约定，“话通”只是做形式，有话则通，无话也通。

举办婚礼我们乡下一般要排场三天。第一天厨师进场，开肉皮，煎走油肉，炸花生米、蚕豆、排骨和鱼，做鱼丸、三鲜和甜饭，切肉丝肉丁肉片，配明日婚宴冷盆热炒，又准备当天的晚饭菜肴。自己族里祖父祖母爷叔伯伯婶婶嫂嫂一门家将、宅头宅脑左邻右舍都来吃酒和帮忙，杀鸡斩鹅，切菜拔葱，烧火跑水桥，借台条椅凳杯盏碗筷，其时厨房里砧板一片声响，屋里场头上人出人进，小孩子穿得花花绿绿，墙上门上窗上宅院周遭的树干上都贴了红纸，满眼都是阳光下红艳艳的喜气。

吃晚饭时摆开来也有好几桌，明日正席上用的菜肴都已留好，余下来的鸡头鸡脚，白斩了可蘸鲜酱油作为下酒菜，鱼头鱼尾炒了发水，新开的肉皮冷油里捂透了发得如蒲扇般大，用碱水去了油水又白又亮，切成方形和菱形做了三鲜或放了汤。

吃好晚饭请阿哥阿嫂扎铺盖，扎铺盖就是扎新被头，新被头有八条、十条或十二条，都是双数。还有枕头若干对，绣满牡丹海棠花。阿哥阿嫂白天里里外外忙，此时换了一身新衣裳来扎铺盖，只因那被子枕头是新的，那天地日月也是新的，阿哥阿嫂心里有庄敬。这天晚上还要祭祀，俗称“下一告”，以告示天地鬼神百无禁忌。

第二天是正式婚礼日,男家先要到女家拿嫁妆。男家这里早已备下了一条大船,船舱里放着十几根杠棒,杠棒上也都贴着红纸。备多少根杠棒也有讲究,拿少了以为看不起女家,拿多了以为是要出女家的洋相。女家嫁妆就摆列在客堂里,男家拿嫁妆的船到,一应杠棒有人抱上来,先要倚在女家壁脚上,媒人去催嫁妆,女家请娘舅发嫁妆,发了几样就示意男家来的人可自己动手搬拿。嫁妆拿出客堂先要在堂下屋前依次排列放一放,好让左邻右舍、亲戚朋友看一看,如同国庆节天安门广场上的阅兵式。嫁妆一般是脚盆马桶烫婆子、被头铺盖、四方桌、靠背椅、床头柜、梳妆台、五斗橱、大衣橱等。马桶刚搬到船上,里面的红蛋就被抢光,被头铺盖里面有铺床钱,船未开动就有人在里面摸,摸出的都是簇新的壹角贰角伍角壹圆贰圆的新票子。男家的新房原来里面只有一张男家新买的大床,现在摆满了新娘的嫁妆,虽然新娘人还未到,但满屋生辉只觉到处都是她身上的气息。

拿好嫁妆,男家又摇船来迎娶新娘,这时新郎也随船前来,女家放高升迎接新郎官,然后开酒宴,新郎到厨房发香烟与厨师沟通感情,为的是出菜快些,好让新郎早点迎娶新娘回家。等到大菜一出来,新郎就起身离席回家去。与新郎同来的人仍在外面等新娘，他们的耐心不太好，每隔一段时间就放一次鞭炮，是谓催新娘。新娘出门告别父母，这时母亲和女儿的眼圈都会红，因为女心的喜悦里有着婉约的眼泪。

新娘到男家，公公婆婆到场角上迎接，新郎新娘拜天地、入洞房，随后是新娘娘家的正舅到。正舅要坐主桌，主桌排在客堂里的东北角，是谓上位。正舅入席前先吃茶点心，茶点心是鸡蛋糕、云片糕、麻酥饼，厨师用刀切整齐装在印有花边的盆子里。正舅也不大吃茶点心，吃起来也斯文，因为刚刚吃好女家的喜酒，腹中已有底脚。当然也是要显一显女家的身份和教养。正舅一起身，挤在桌边的小孩子和姑娘媳妇就来抢桌上的糕点，抢得盆盏一片声响。正舅又到新房里坐一坐，然后入席就坐正式开酒宴。

第三日，男家女家都要祭祀祖宗，一族里的人和左邻右舍仍都请来吃饭，正舅早早去请新郎新娘回娘家，新郎新娘吃好中饭就回去，因为据说回家早公婆就会眼睛亮。

至傍晚新月在天人散尽，娶了新媳妇的一家人热热闹闹吃晚饭。女家嫁了女儿吃晚饭时有点冷清。只是一件大事已完成，父母脸上平静也有喜色。

办酒席

我三姐出嫁那年，父亲正好援外在苏丹，一切事务就只能由我出面来操办。

当时最难的是办酒席，因为食品紧缺，尤其是猪肉都是凭票供应，好在父亲厂里的领导知道了，答应通过厂里的食堂提供一些猪肉给我们。父亲所在的厂在浦西，因为路远，我隔夜就去了厂里，猪肉足有二十多斤，装在一个尼龙袋里，第二天一早我就往回赶，在天目西路上车时，人比较拥挤，几个上海城里人大概嫌我带的东西多，几次把我挤推下车，说“阿乡你背了东西还乘什么车”。我当时血气只往脑门上冲,如果手边有刀敢杀人。我拎起尼龙袋使力向上挤,一挤就挤进车厢里,几个城里人还要把我往下推,售票员是个女的,我以为她说话肯定会公正,想不到她也称我为“阿乡”,并说“这班车挤,你下去乘下一班”。我想,我已经上了车,难道还要再下去等下一班车?因此只是抓牢售票员身边的栏杆扶手一动也不动。这时车里有人为我抱不平,说他也是人为什么不能乘这车。我心中暗暗感激为我说话的人,只是人多看不清他的脸。

肉买回来了,母亲也就松了一大口气。接下来最大的事是请厨师,当时办喜事的人家多,厨师少,请个厨师提前三月半年要预约。我三姐的婚事定在年初二,此时去请厨师早已请不到,我不怪母亲做事无计划,就跑去邻村的永清家商量。永清比我年长好几岁,与我平时不是最相熟,年头上做喜事请他烧菜的人家已排满,但他却一口答应帮我忙。于是他年前廿九就到我家来,把肉皮、走油肉等油锅先开好,三鲜、三丝等菜先配好。他说开酒时他来出热炒,大菜届时只需放在笼格里蒸一蒸,蒸得冒了就一只只端出去,需加的汤就热在旁边的锅子里。他一一叮嘱过后就走了。年初二开酒时刻他果真准时来,出好热炒他急忙赶去下一家。我就按他的吩咐蒸笼格，却把锅里的水烧干了还不知道，等到发觉时最底下一层笼格已烧焦，笼中的三鲜、走油肉等菜有点火腊气，我到每个桌上去说抱歉，来吃酒的亲戚朋友只是笑，都说永清烧的菜很好吃，过了三寸喉咙就不会有什么火腊气。

一场酒水办下来，我心里最过意不去的是永清，就专门到他家里去酬谢，但他执意不肯受，说大家都是一个村里人，这点小事你不要放在心上。此事已过去许多年，我至今想起来还欠着永清的情。

祖父的手艺

我祖父12岁拜师学木工手艺，17岁串村走户做木工活。他做起木工活来又快又好。有次他为一户人家做两扇客堂门，上午解起料、凿起眼来，至傍晚两扇大门已装上。东家也是老手艺人，看到这样快的手脚，这么出色的木工活，一定要付两天的工钱，我祖父执意不允。此事在那户人家的村里一时流传开来。

那时凡是用木头做成的物器，都是用榫头连结起来的。用铁钉的木工会被人鄙视，称为“洋钉师傅”。因为用铁钉虽然省劲，但时间长了会锈烂。用榫头虽然费时，却能使木器牢固、耐用和美观。那时做成一个木器，要锯许多榫头，凿许多眼子，所以锯榫头和凿眼子是木工中最常见最普通的活。我祖父锯榫头和凿眼子时都会留下画的那条墨线，称为不差一条线。这样榫头会比眼子稍大些，榫头敲进眼子就严丝密缝，仿佛榫头满满地要从眼子里溢出来。祖父凿起眼子来也有讲究，眼子内壁两头稍宽，中间稍窄。这样将榫头敲入眼子时，榫头会用力挤过狭窄处，至眼子上部稍宽处又会胀开胀大。榫头在眼子里呈两头宽、中间窄的腰子状，胀卡在眼子里，称为"腰子眼"。一般的木匠锯榫头和凿眼子时不太注意留不留这一条墨线，凿的眼子也上下一般直，榫头敲进眼子后如果有点松，就在榫头里打一根木楔，木楔上还特意沾了胶水。我祖父说，打的木楔会有松动的一天，用的胶水也有脱胶的一天，这木器就不耐用了。我祖父还会凿暗眼，将眼子凿到离木材表面寸许，日光下看上去有些透明，连上榫头后，这木材表面就看不出是有眼子的。我们乡里人说，沈师傅做的木器，从来没有脱榫头的，这榫头是生在眼子里的。

我祖父曾说，斧子砍木料，要一斧是一斧，斧斧分明。砍削后的木料，只一刨就刨平，这斧子的功夫就算到家了。锯子锯木料，要上线对下线，锯开来的木料，只一刨就刨平，这锯子的功夫也就算到家了。

做木工要计算尺寸，我祖父不识字，做木工时大大小小的尺寸全用心算，记在心里。他一生造过几百间房屋，做过千百件木器，从来没有出过差错。有时同时做几件家具，几件家具的尺寸也不会混淆。一只老式大床构造复杂，所用木料有几十件，榫头眼子有上百个，等到合成之日，那大大小小、林林总总的材料全部按部就班，一个不多，一个不少，一个不差。有次祖父在河塘西一户人家做木工，那户人家是书香门第，东家看我祖父做木工活，不由得感慨说，按你的头脑和记性，去读书也应该有出息。

南宅上有人家请我祖父做一架织布机，按约要等一年，这户人家等不及，就请了别的木匠做，做好后发现织起布来太吃力，织了一会就织不动。我祖父看这织布机尺寸和别的织布机没什么两样，只是织布机的两根推杆是用楝树做的。楝树材质硬，生长慢，当代种的当代人还不一定能轮上用，做这织布机的推杆太重。我祖父就卸下两根推杆，将其中一根一剖为二，换上后织起布来果然就轻松。所以我乡里人说，每根木材的尺寸在沈师傅的心里，每根木头的材质在他的眼里。

我祖父说，做木工活要有粗有细。遇到条件好的人家，要你做得考究，就要慢工出细活；遇到条件一般的人家，要你做得粗糙些，就要尽量做得快。有一次他到一户人家做嫁妆，看这户人家较富裕，就两天做一条长凳。东家说可以做得粗些，就一天做一条。东家说还可再粗些，就一天做两条。东家又说，是否还可再粗些？我祖父说，如果不嫌粗糙，我可一天做四条。东家心中有疑惑，但不好意思再问下去。后来有人告诉他：沈师傅两天做一条的长凳，划线、锯榫头、凿眼子，不差分毫，每条长凳之间的尺寸也不差分毫，用的是他毕生的功夫，做出来的长凳可以传用几代人。一天做四条的长凳，一条长凳的尺寸不可能十分精准，每条长凳之间的尺寸也可能有差异，做工也不可能考究，这样的长凳也许只能用几年。如若不信，你将这些长凳从高楼上往下扔，扔下去完整无损的那一条，一定是沈师傅用两天时间做成的。

我们乡下的木工师傅有三类：有建房造屋的，有打制家具的，有做圆作的，一般只擅长一门。我祖父拜师学艺学的是建造房屋和打制家具，没有学过圆作，但即使是手艺好的圆作师傅提起我祖父也不敢夸口说自己的圆作好，因为乡村里打制水车轱辘牛车盘、牛犁耖耙、风车架子，东海捕捞大队打制渔船和修船，都是请我祖父去。圆作师傅说我祖父做的是“大圆作”。我祖母说，凡是这世上木头做的东西，我祖父都会做。我们家里用的提桶、脚桶、脸盆、脚盆、锅盖一应木头家什，都是我祖父随手做的。我祖父做的木犁，犁地时入泥轻巧，不沾泥巴，不吃牛力，犁出来的泥土像层层波浪翻卷，我们乡里人形容这木犁能说会笑。在我祖父眼里，木工手艺是没有分类的，只要人家需要，作为手艺人就要去做，做得人家满意和自己满意。

我祖父的木工手艺渐渐名闻远近，方圆几十里人称木工手艺第一。四乡八邻建房造屋、有钱人家建造深宅大院绕圈房子、村庄里造桥打船，都是请我祖父做作头师傅。每逢奠宅基、上正梁、打桥桩等大吉大利之喜时，都要请我祖父说几句话为口彩，此时我祖父不说话是神明，开出口来是金口，说出来的片言只语惊动天地和鬼神，王母娘娘观音菩萨侧耳来倾听，十里春风吹过此地也会停一停。有一次祖父为一户人家做老式大床，东家有意要从祖父嘴里讨口彩，却装作无意来相问，问我祖父这婚床是眼子多还是榫头多。我祖父随口就应答：有一个眼子就有一个榫头。东家听了很高兴，因为讨到了多男多女的好口彩。

我祖父长得高高瘦瘦，脸颊瘦削眉宇清爽，笑起来慈眉慈眼。平时不大爱说话，说起话来轻声轻气，一句是一句如莲花落，说话做事一身安闲气。他一生是吃百家饭的师傅，不抽烟，不贪酒，外出做工只在最后完工日喝一小盅。月良说，有次随祖父去一户人家做木工，做了一个月，那户人家每天中午端出一碗红烧肉和一碗蔬菜。祖父中午只吃蔬菜不吃红烧肉，晚饭时无论东家怎么劝只吃一块。因为祖父知道这红烧肉不是天天能买得起，东家每天要端出来装门面。听我小叔父说，祖父吃饭时，夹菜总是从靠近自己最近的碗里夹，夹肉也总是夹离自己最近的一块，从不挑精拣肥。这是吃百家饭师傅恪守的规矩，也是祖父养成的习惯。

祖父 72 岁那年夏天，在外做木工时突感不适，以为是中暑，想不到却溘然去世。他的人生是从做木工开始的，也是以做木工结束的。

我祖父 22 岁开门领徒弟，先后计有徒弟 18 人。开门徒弟顾毛团，16 岁跟我祖父学手艺，后去安徽做木工。安徽省里有奇人赖少其，对顾师傅的木工手艺颇赏识，北京人民大会堂安徽厅里的沙发、海军部的兵舰模型都请他去做。赖少其善书法，专门为顾师傅写过条幅，我曾见过那字，满纸都是秦砖汉瓦式的厚厚重重的隶书。

祖父曾想收我为徒。我想,如果我当时跟随了祖父学艺,不知道经历的将会是什么样的人生?

双抢

我们乡下一年里最忙的季节是“双抢”,“双抢”就是抢收早稻和抢种后季稻。早稻 7 月底成熟开镰,后季稻秧在立秋前栽种完毕。这段时间,只有短短的七八天。而后季稻秧必须赶在 8 月初立秋前插下去,因为立秋后插的秧,就过了节气,会影响一熟的长势和收成。

开镰收割早稻,双抢就算开始了。从 7 月底至 8 月初立秋之前,正是夏天里最炎热的日子。所以割稻都是在一大清早,一直割到日头八丈高,才回家吃早饭,吃过早饭出工去仍旧是割稻，因为只有把稻子割下来，才能腾出地来把后季稻栽种上去。早稻矮短，一口气能割倒一大片。稻梢稻根上有露水和湿气，还有蜘蛛网丝。中午时，要把割下来晾摊在田里的稻子一拨拨分开，同时把稻子翻个身，让阳光晒晒干，以便下午收稻子。下午就把稻子捆成一个个，挑到仓库场上去，男的都戴着草帽，女的有的戴着向日葵式的大凉帽，有的顶着湿漉漉的毛巾。太阳把道路晒得发烫，赤脚的男人挑着担越发走得飞快。

收完稻子的田里还残留着软绿的水草，一茬茬稻根均匀地布满暂时还未被阳光晒硬的黑黄酥软的稻田，稻田散发着氲氤的气息，与炎热的阳光和风交织在一起，使人略有醉意并睡意顿生。

接着开始拔秧和插秧，拔秧比割稻起得更早，用不着周剥皮的鸡叫鸣，凌晨三四点钟就出工了，此时天边曙色未动，映照在水田里的仿佛仍是昨夜的月光和星光。后季稻秧长得比早稻秧粗和长，拔起来要当心秧划破手，虽然手上已长满老茧。

蚊子和各种小飞虫喜出望外地欢迎突然光临的不速之客，秧田里不时响起拍打蚊子和驱赶飞虫的声音。我有一次夜里挑秧，蚊子把我的两个脚背咬得又红又肿、奇痒难熬直至麻木不仁，但是第二天早上看看两个脚背已完好如初。

插秧是最苦的活，在我们队里大多由女人来完成，我由此对女人柔韧的腰和灵巧的手钦佩万分，只是一个双抢下来，她们的手都糜烂了，还藏着不给别人看见。

插好秧的田野满眼是新绿，连阳光和空气也仿佛是新的。这时候生产队长喜欢在田野上走来走去，看看这里看看那里，高声地与人说话。田埂上光溜溜的，到处是男人女人赤脚留下的脚印。

我们乡下水稻一年种两熟，双抢里收割的早稻是籼米，烧出来的米饭比较松硬。插下去的后季稻是大米，烧出来的米饭白亮香软，米粥润糯，粥汤里还有一股青气。只是现在水稻都只种一熟了，乡下没有双抢也应该已经有好长年月了。

在河上

从我们村到黄浦江边的六里镇，大约有 100 里水路。我们村里与这镇上的一家塑料厂有加工尼龙布的业务，运输主要走水路，用船将需加工的尼龙布运来，再将加工后的尼龙布运去，来回大概要三天。

那次把加工后的尼龙布运到厂里去，是在农忙结束后，已过了立秋，田里的活闲下来了，天气也凉快了一些。月良、阿宝、阿丙新、生荣和我去送这一趟尼龙布。

我是第一次去送尼龙布，也是第一次在船上出远门。想象着船在陌生的河上漂流、两岸都是从未见过的风景，想象着六里镇——这个紧靠上海城市边缘、沾染着大城市风光的小镇的模样，不禁有点心驰神往。更为重要的是，这三天可享受出差补贴。按照我们村里混乱但又实用的财务制度，都是先拿了补贴再出差，所以尽可用这补贴的钱在外享用一番。我们五个人里面阿宝就是村里的会计，他早就把我们五个人三天的出差补贴领在手上。他在家又是烧饭煮菜、拔草种葱样样勤快在行的人，所以这一路上我们的伙食都由他掌管和安排了。

船进入河塘江时，阿宝在河堤上顺手拔了一大捆青毛豆，经过九墩头小店时，又去买了好几瓶黄酒，后来经过川沙县城时，又去买了一大包油渣。我估计这样阿宝就把晚上的饭菜准备得差不多了。

我们的船是一只没有马力的水泥船。在沿岸没有路的河，只能靠手摇，在沿岸有路的河，就可以拉纤。我和阿丙新两个人拉纤。我赤着脚，把鞋子脱下来扔在船头，月良看见了就把它们放进舱里，怕纤绳把它们碰落到水里。我们拉的船有 7 吨重，启动时要俯身一步一步用上力，就像伏尔加河上的纤夫那幅画上的样子，拉出了船的走势只需平均用用力，就如走路差不多。初秋与夏天一样，大多是东南风，一路北上可谓顺风顺水，船缓缓而行如一只大水鸟。

河塘江上有许多桥，每过一桥要“掼纤”，就是要把纤绳从桥面这边扔到桥面那边。掼纤时人要站在桥中间，目测一下桥面有多宽，然后收几把纤绳在手中，向空中高高抛出去，当系在纤绳头上的纤板把纤绳拉成一条线，手中就使劲往下压和收，纤绳在空中划出美丽的弧线，纤板带着纤绳从桥这头上空落下穿过河面的桥孔，从桥那头飞起来，叮当一声就落在桥面上，掼纤人就一脚踩住了，拿起来就往桥下跑，因为船已经快到桥下了。所以掼纤要掼得快，一次不成功就很难再掼第二次。

船过川沙县城就转向西行，从这里一直到陈水关桥，沿岸有路可继续拉纤。这段水路我以前没有走过，所以不知道这条河叫什么名字。这时天渐渐黑了，风也小了，河面像光滑的绸缎，船在上面悄无声息地滑行。可以看见阿宝在船尾忙碌不停，煤油灶里的火光把河面映亮映红了一大片，并随着船行把这一河的暮色染满了烟火气，也撩拨得我们饥肠辘辘。

和我一起拉纤的阿丙新，在家里是个大男人，从来不干家务活。他在上海城里做过几年工，也读过几本马列的书，刚回乡时如果捉鱼捉到白鱼,就会拣出来扔到河里去,因为他认为白鱼是集体养殖的,不是野生的,捕而食之不符合马列主义。近年来他捉到白鱼不再拣出来放生,因他也已知乡下柴米油盐贵。阿丙新对我说他连续几晚捉了 10 斤蟹,放在船上准备拿到六里镇上卖,因为据说沿黄浦江蟹价比较高。

船抵陈水关桥,在船头撑篙的生荣大声叫我们落纤上船吃晚饭,我们在船尾围一圈坐下来,我原以为晚饭只有水煮带壳青毛豆和油渣汤,想不到还有满满一锅蟹,我问阿丙新刚才你不是说这些蟹是要拿到六里镇上卖的吗?阿丙新说刚才是刚才,现在是现在,弟兄们只管吃就是了。月良和阿宝只是笑,我从他们的表情里猜出烧煮这蟹阿丙新肯定不知道。我现在才明白阿宝为什么一上船就要去买黄酒。这些蟹还稍嫌嫩了点,因为还未到农历九月份,可是确实很好吃。

这时河上没有别的船,两岸的田野静寂无声,远处的村庄泊在夜色里。月光满河,仿佛要从河里溢出来,仿佛一伸手就能掬起一大把。月光就在我们的酒碗里,在红红的蟹背上,也在我们的脸上和眼睛里。这陌生河上的月光和风都是新鲜的,就如同我刚刚展开的人生。

晚饭后就摇橹而行，因为前面只有水路没有陆路不能再拉纤。月良说现在是顺水，摇到逆水船行不动就泊下睡觉，等凌晨转为顺水时再走。也不知摇了多少路，船再也摇不动了，我们就在岸边泊下船。月良把船舱中间的一袋袋尼龙布堆堆平，在上面横放了一根竹篙，用船上的篷布遮放在竹篙上当被子，我们五个人就钻进去睡觉，此时星垂平野，月色下岸边一棵老树如幻如梦。

睡梦中听得有人说潮水来了，于是急忙起来拔锚开船，此时已是凌晨三点，顺流而下天蒙蒙亮已到六里镇，我们上船去吃早点，阿丙新去赶早市卖昨晚吃余下的蟹，卖后阿丙新说果然蟹价比我们乡下高。

等到卸装好尼龙，已是傍晚时分，我们趁潮摇船赶回去，月良他们硬要我去船头舱里睡一觉，我和衣蜷缩而伏，听着一下一下的橹声，听着滑过船底的水声，听着来往船只上人的说话声，我慢慢睡着了……醒来已是新的一天早晨，从地平线上喷薄而出的太阳已把河水照得灿烂如金。

下雨天

我们乡下都是泥土路，一下雨就泥泞不堪。我走路急，泥土不是甩到套鞋里就是裤脚上，甩到套鞋里的挤滚成一个个小泥丸子，在裤脚上的干了就自动剥脱下来，留下一个个淡淡的泥痕，像开过的花的影子。

下雨天要拣草路走，草路上青草萋萋雨水漉漉，走路等于在洗套鞋。走泥土路要走路边，因为路边长有野草野花，可以踏草而行无泥泞之苦。路边有麦子地时就往往在麦地里走，因为麦苗青青脚感甚佳，但被大人看见会大声叱骂，然而最终还是会在麦地里走出一条光光的路来。最后大人也会在上面走过并对下雨天时的大声叱骂全然忘怀。

下雨天经过人家的场头地要在边上走,你可以把泥土路踩得凸凹不平,但对泥土场要脚下留情,因为泥土场晴天里是要打麦子、高粱或晾晒谷物什么的,天一放晴,我们乡下人家就会用锄头把场头熨平。但是鸭子和鹅不知道这一点,大摇大摆地在场头上踩踏而过,留下满地羽毛、细碎的掌印和一场头的叫声。

下雨天出门总要经过几座木桥或水泥桥。我们乡下的桥大多没有栏杆,因为平时要挑担从桥上走过。下了雨,桥上总是沾满泥泞,泥泞都在桥中间,桥面两条边沿却是干干净净,散发着雨的湿润气息。我们念小学时总是要走过两座用圆形水泥管子铺成的桥,水泥管子架在河上是作为水渠用的,下雨天水泥管子上特别滑,如果不放水我们可以从水泥管子里爬过去,如果正在放水我们只得在上面一步步前进,其艰险不亚于红军飞夺泸定桥。有不少人曾经从水泥管子上掉进河中,但除了改变了过桥的方式外没有发生别的什么事故。

我小时候不知道自己是喜欢晴天还是雨天,成年后也没有认真思考过阴晴圆缺与人生有什么关系,我种地累了乏了会盼望下雨,因为下雨天一般就是我们的星期天,可以不出工在家休息。

春天里下雨一般是不会休息的,因为春天下的是沾衣不湿的杏花雨,这雨不是垂直下的,而是横着飘来的,这横着飘来的雨我们生产队长说不能算是雨,加上正是落谷种的季节,谷子长出了白嫩的芽,经不起日头晒,在绵绵阴雨里播种正合适。这样细小的雨又不便穿雨衣干活,穿了闷热出汗,不穿衣服就慢慢被淋湿了,先湿的是头发,因为阴天里没人会戴草帽。

秋天里下雨是可以不出工的,因为秋天是缓慢悠长的季节,干活不必像春天一年之计在于春,也不像夏天那样一季里有"三夏"和"三抢"两个农忙。秋天里锄草、修沟、种油菜、摘棉花、种蚕豆等都是晴天里才可以干的活,不像夏天拔秧插秧都在水田里,下雨也只不过是往水田里多添加点水而已。因此,秋天里的下雨天才能真正成为我们的星期天,而且秋天下雨天睡觉是最惬意的。母亲她们筹划着牵纱织布,姐姐她们去了镇上的洋布店,而我就睡觉,听雨下在屋顶瓦片上的声音,一会儿密密麻麻,一会儿稀稀落落,时大时小,时急时缓。唐人诗里"画船听雨眠"是风流才子的听法,"留得残荷听雨声"是落魄文人的听法,我是什么听法也没有，听着听着就睡着了，睡着时偶尔还能听到雨声，好像落在梦与梦之间的缝隙里，溅起来好像湿着了什么。

秋天里雨水多，有时一下几天，大田里就要开沟排水，水顺着沟渠冲下河岸，形成一股白花花的水流，这时河里的鲤鱼、鲫鱼就会逆水而上，一直逆冲至岸上的沟渠中来，有的就搁浅在水浅的地方，金色的银色的鱼鳞在水流中闪耀。

民兵训练

那时在我们村里，每年冬季征兵时报名的人踏破民兵连长家的门槛。我也每年去报名，但民兵连长说我是独子不能参军。我说，我上有三个姐姐，下有一个妹妹，怎么是独子？他说你不要瞎绕，你这种情况也算是独子。想想这辈子已与当兵无缘分，我也就不再和他争，只能做一件草绿色的军装穿在身上过过瘾。

参军首先要过体检关，农村里的小伙子壮实有力，但医生一摸总是说肝脾大。我队里孙解民，每年体检身体其他部位都甲等，只是因痔疮而难过关，眼看年龄已到 24，再筛下来一次就永远不要想当兵，于是民兵连长想办法，体检到这一关就叫阿宝龙去顶替，体检结果出来是甲等，终于如愿以偿参了军，而且是南海舰队的潜水兵，在水深80米给我们写信，探亲回来时我们借他的军装穿着照相，海军帽上的蓝飘带在风里飘扬起来的是他的光荣和我们破灭的参军梦。我们问他痔疮怎么样，他说一点无影响，说明我们民兵连长要比制定应征入伍体检标准的人英明。

我们参不了军的人就只能当民兵。春耕生产结束后，全大队就开始民兵训练。训练就在我们村的社场上，立正稍息齐步走，正步走向后转走。我想训练口令中只有向后转走从来没有倒退走，大概是因为毛主席说过倒退是没有出路的，但我想参军是有出路的，民兵训练是没有出路的。然后是练刺杀、卧倒匍匐前进、瞄准。刺杀用的是木枪，向虚空猛刺，同时大喝一声“杀”；瞄准用的是真枪，但只有一枝，全连的人轮着瞄，有的人不会睁一只眼闭一只眼，民兵连长见了连连摇头说吃亏吃亏。

民兵训练其实是全大队男女青年集中在一起交流的好机会，有篇小说里说“集体劳动好，把爱情来产生”，用在民兵训练上其实更贴切。一次民兵训练结束之际，就是许多爱情产生之时。只是我当时只有 18 岁,对男女之爱懵懵懂懂,对别人之间的爱与不爱也反应迟钝,感到比较新鲜的就是每天与队里的男女青年在一个大锅里盛饭,在一个大面盆里搛菜吃,就像是一个大家庭。

民兵训练最后一天是去海边打靶,每人只能打一发子弹,我从小喜欢使枪弄棒,但从来没打过真枪,七瞄八瞄一枪打出去,报靶的说是 10 环,我至今还不相信这是真的。

开河

我们乡里人把疏浚河道叫开河。开河每年都要开，因为水利是农业的命脉。开河都是在冬季，因为此时是农闲，大批民工上塘不会影响农事。开县级河道，县里就会组织全县民工千军万马大会战；开公社级河道，也是由公社统一组织和部署。市级河道很少开，南汇的大治河和芦潮港是市级河道，只是我们队里人轮不到去。

开河是大事，县里公社里都会成立水利指挥部，开动员誓师大会，工地上红旗招展、人山人海，工地高音喇叭里锣鼓喧天、歌声阵阵。各大队各小组各河段开展劳动竞赛，到处是一派热气腾腾的景象。

开河一般都安排民工住宿。住宿一般安排在开河工地周围附近的村庄里。所以，白天的热闹在工地上，晚上的热闹在工地附近的村庄里。热闹是有限度的，因为没有电视机，没有报纸，只能看看水利指挥部出的水利战报，只能听听晚上广播里的新闻和《阿富根谈生产》的节目。有的人下象棋，有的人聊天，也有打扑克牌悄悄赌博的，赌的只是几根香烟，赌钱的几乎没有，因为大家都没有钱。公社在开大寨河的时候，我们邻村的几个年轻人晚上在一起赌博，赌的是下身不穿短裤，身上披一件棉大衣去夜间开的杂货店买一包烟来。当即有人自告奋勇愿意一试，开始一切进展顺利，但在买好烟转身跨出门去时被女售货员发现，估计是那件棉大衣还是短了些未能遮住不雅之处，其结果是第二天工地上就召开了批斗会。人们受到桃色新闻的刺激和正义的鼓舞干劲倍增，开河的进度也明显加快。

记得县里疏浚曹家沟和高桥港时，我在县水利指挥部楼下分指挥部当通讯员，指挥部要我写一篇关于批判林彪不肯打锦州，犯了军事逃跑主义错误的文章，并把批判林彪的逃跑主义与疏浚曹家沟和高桥港结合起来,我费尽脑汁也想不出在这里开河与林彪当年不肯打锦州且要逃跑之间的关系。我们这里开河虽然又苦又累,但由于工分高,村里的人都争着想来,没听说过有人想要逃跑的,我甚至感到如果有人逃跑,这人一定是傻瓜。当然我不能把这些想法说出来。县水利指挥部来的人耐心给我讲解了半天,试图把我的思维引入这次开河与当年林彪逃跑的逻辑体系里,后来他发觉一切努力都是白费的。于是他去找了一位比较资深的通讯员,等到他们的这篇文章在《水利战报》上刊登出来时,我仔细读了一遍,发现批判林彪不打锦州的逃跑主义确实是与开好曹家沟和高桥港有着重要和密切的联系,为此我为自己写不出这样的文章而羞愧不已。

疏浚高三港时,我和村里的月良等人作为村里的先遣队去打前站,乘的是村里的手扶拖拉机。记得那是一个冬天的下午,天色阴沉北风呼啸,尽管我们在小拖拉机后面的拖斗周围围上帆布,拖斗里铺上稻草,几个人蜷缩在一起相互取暖,风还是吹得人冰冷彻骨。高三港在川沙县最北面,我们公社在川沙县最南面,小拖拉机逆风而上横穿全县,整整跑了一个下午才到达目的地。途中没人要小便,因为大家都说那个东西已经冻得麻木了。

我们在开河之地借了一间房子,搭了大棚,砌了炉灶,去指挥部装来了煤、冷气猪肉和大白菜。到了大批民工上塘的日子,开河就正式开始了。每天下午,拖拉机手就来工地送点心。这时也是工地上休息的时候,大家坐在已新开出的斜斜的河坡上,享受着吃点心的快乐。邻近的工地上要是还没有送点心来,我们这边就有人夸张地吃嚼着东西,好像吃点心也可以是拿来炫耀的。当然到明天可能轮到我们看着邻近工地的民工大吃点心而眼馋不已,并不断向远方眺望我们拖拉机手的身影。

这次开河,我从家里出来之日到开河结束有 23 天,穿在最里面的运动衫从来没有更换过,领口上粘了厚厚的油腻腻的一圈污垢,月良帮我洗净了晾在竹竿上。

过年

要过年了，家家户户开始买年货，可买年货其实不多，猪肉、冰冻的带鱼和黄花鱼、年糕、豆制品等都是凭票供应。猪肚猪肝等不仅要凭票，而且还要“走后门”。红枣、桂圆、花生都是稀罕之物，几年难得一见。

可买的年货不多，但乡下人家猪羊鸡鸭都是自家养，过年时杀羊宰鸡鸭都是蓄谋和垂涎已久的事。猪不能自家杀，必须卖给国家开的肉庄，所以卖猪买肉都要看肉庄里人的脸色。

我们村里人家夫妻一般是一工一农，男的是工人，女的是农民，是典型的工农联盟。过年前，在兰州、贵州、甘肃、青海、山东等地的工人都赶回家探亲，带来积攒的钱财、异乡的特产、天南海北的故事和各异其趣的各地方言土语，带来长期出门在外的游子对亲人和家乡思念的那份浓浓情意，也给年节增添了喜庆气氛。

农历十二月廿三包馄饨做汤圆，我们乡里有谚语："八月廿三家家有，十二月廿三看高低。"说的是八月廿三正当秋熟，高粱糯稻登场入仓，不管谁家穷谁家富，都有余粮包馄饨做汤圆。十二月廿三已近年关，米缸谷仓露出底来，欠下的债也在此时要还，此时包不包馄饨做不做汤圆能看出各家家底的厚薄。但那时我们乡里人家相互都知根知底，谁也不在乎这十二月廿三看高低的话，往往是包馄饨做汤圆的人家端一碗给不做人家的孩子吃。

我们乡里过年家家要祭祀祖宗，称"拜年夜香"。从农历十二月廿日至大年三十可任选一日。很多人家是放在大年三十祭拜，祭拜毕就吃年夜饭。我小时候吃年夜饭是站着吃，因为大人说站着吃能长得高。记得有一年除夕夜，二姐拿了一支粉笔，把姐弟几个的名字写在门上，大姐三姐长得高，把二姐写的她们名字即刻擦了，唯有我的名字高高在上擦不到。那名字至今还在门上，字迹早已模糊褪色，当年的情景却还历历在目。

我16岁那年除夕，大姐临产，母亲一早赶去了医院。父亲在非洲一个国家援外，二姐在无锡工作未回家探亲，家里只有三姐、妹妹和我，三姐就领头烧年夜饭，烧的是红烧肉、三角油豆腐和炒青菜。吃好年夜饭早早睡下，心里想的是大姐小孩生下来没有，生的是女的还是男的。那时没有电视机，没有春节文艺联欢晚会，也没有手机和转来转去的新年祝福的短信息。鞭炮声是有的，零零碎碎能听得出远近和方向，知道这一声来自南石家宅，这一声来自东孙家宅，这一声是河塘西人家放的，这一声是隔壁阿权哥家放的。

我家里过年从来不守岁，也不放鞭炮，吃好年夜饭全家说一会儿话就睡觉，躺在暖暖的被窝里，静听别人家放的鞭炮声和田野里吹过的风声。除夕这一夜能使我隐隐想起有许多美好的事物在未来的岁月里，像未开的花和未升的月，但眼前只是简单而宁静，无思亦无恋，只有河塘江冷冷的水声来入梦。

大年初一早上吃红枣茶和小汤圆，一般不走亲戚不做事，连扫地大人也不许，说是会扫掉一年的财气。但初二初三要做喜事的人家却是不敢怠慢,已经搬东搬西跑南跑北忙碌起来。我们小时候不大听说初五接财神,这财神也是近年来才吃香,夹道欢迎的鞭炮比大年三十放的还要多,想来此君归来定是彩霞在天外,落红已满身。

正月十五元宵节照例是做汤圆,这汤圆已在节日的边缘,虽然依然白糯软腻但已吃不出过年的滋味。唯一能让我们兴奋不已的是这一天可以到田野上去烧茅草。这时田埂边、河坡上、低洼地里茅草红红黄黄、纷披倒伏、干枯蓬松。火点着了它们,发出毕毕剥剥的声音,火舌飘升起舞,田野上暮色四合,我们挥舞火把,口中大喊:“花三担!稻六石!”年节就在这样的火光夜色里落下了帷幕。

◎ 竹　钳

海边秧草 ◎

海边

我曾去东海滩涂上捉过蟛蜞，蟛蜞在滩涂上四处爬动，一见到人就钻进洞里去。我用铁锹挖下去，有的洞深有的洞浅，洞深的挖时费时太多，有的洞还与其他洞连通，挖到最后仍然不见蟛蜞的踪影。有的洞虽浅，一下子就挖到了蟛蜞，但它爬动极快，稍不留神，它就逃匿到旁边的洞里去了。捉蟛蜞最简易的办法是做一个长长的铅丝钩子，探进洞中将蟛蜞钩出来，所以我们乡下不说捉蟛蜞，而说钩蟛蜞。捉蟛蜞最好是在下雷阵雨之前，那时天气阴暗而闷热，蟛蜞在洞里呆不住，到滩涂上来乘凉，且头脑似乎有点昏沉，爬动也不比平时敏捷，几个蟛蜞还会扎堆在一起，好像在一起抱怨气候变化似的。这时捉蟛蜞，只用手就可抢到许多，这在我们乡下叫作抢蟛蜞。

我们这里的海滩是泥土的，生长着芦苇和秧草。退潮时遍布着密密麻麻蟛蜞的洞穴、浅水贝类爬行的痕迹、积着水的低洼、四处跳跃的跳跳鱼，还有老的和嫩的芦根，老的芦根白中泛黄，嫩的芦根白嫩甜润，据说可以化解河豚鱼的毒，所以渔村里有句谚语：拼死吃河豚，有命挖芦根。

刚退潮时的海滩像刚打磨好的镜子，明晃晃地泛着泥和水的光影，那泥是新的，那泡沫是新的，那水洼里留下的小鱼虾也是新的，海滩上的一切都是新的，都被海潮重新洗礼了一遍。只有那些跳跳鱼和蟛蜞是老的，它们一天要经历几次潮起潮落，故而处变不惊，它们是这片海滩真正的主人。

我也曾多次去闯海，所谓闯海就是当退潮时，在海滩上一直向外走，一直走到海水里去，走到水深及膝及腰才停止。这时候站在茫茫的海水里，前面是一望无际的海水，后面是一望无际的海滩，环顾四周都是海水和海滩，只有海岸静静地搁置在西面的地平线上，阳光勾勒出它明亮和起伏的曲线，几艘海轮在遥远的海面上缓缓行驶，仿佛睡着了一般。在有的海滩与海水相接处，插着一排排围网，是渔民捕鱼用的，像我们乡下人家屋前的栅栏和篱笆似的，但不会爬上牵牛花和长春藤，只是有几只海鸟孤独地停在上面。海风吹扬起我的头发和衣襟，仿佛要吹走什么似的，是的，它确实吹走了什么，留下来的只有宁静、苍茫和宽大。

只是每次闯海回来，总是要湿掉裤子，在这无遮无拦的海滩上，又没有地方可以更换。有一次钻到芦苇丛中去更换，却差点遇见前来割秧草的女同胞，当时抱着衣裤躲藏的样子，绝对没有跳跳鱼和蟛蜞逃遁时那么从容。

我曾在一个最靠近海边的村里生活过，每天从早到晚，除了睡着之时，耳朵里听见的都是大海的潮声，潮来时声音大些，潮退时声音小些，还有海鸟的叫声、海轮的汽笛声。这海潮声就像是背景音乐，这里的人包括我都在这背景音乐下生活。确实这里的一切都带着海的色彩：风特别大，空气特别咸湿，人的脸特别黑，但是种出来的瓜果特别甜，因为种瓜的土地是以前围垦出来改良过的盐碱地。围垦出来的田野离海更近，从早到晚充盈于耳的海潮声在田野上听来更加清晰和浑厚，就像一部宏大交响乐的和声。

台风季节,我与村里人去海堤上防汛防台,海水此时已淹漫至海堤,海滩、芦苇和秧草都不见了,只见茫茫海浪汹涌而来,那浪如小山一样起伏。村里人说这不是浪而是涌,浪的力量在海面上,涌的力量在水底。此时站在海堤上,听到的已经不是海潮声,而是大海震撼人心的呐喊。

摆渡轮船

我第一次乘摆渡轮船时有点晕船。我乘村里和家里的船从不晕船，还会自己摇船和划船，怎么一乘轮渡就晕船了？大概是这轮船大？或者是黄浦江的浪大？可是听人说船越大就越稳，我乘村里和家里的小船都不晕，怎么乘国家的大船就晕了？况且今天这黄浦江也风平浪静的呀。反正第一次就这样稀里糊涂地晕船了，也这样稀里糊涂地想不明白。

这黄浦江上的轮渡，我们乡下人叫作摆渡轮船。小时候一年难得有几次去上海城，也就难得有几次乘这摆渡轮船。长大了乘得多了,也就不晕船。

乘轮渡先要买票,买的是6分钱一个的塑料币,比一个当时的5分硬币稍微大些,有红、黄、绿几种颜色,币面上似乎镌有水上轮船的图形。在检票口设有投币的大柜,柜上面罩一张网,币投在网上从网眼里漏下去,发出嘚的一声,声音有点闷。检票口有管理人员看着人投币,像监票人看着选举人投票似的。推自行车的人要买两个币,一个是人的,一个是车的,车在这时与人取得了同等的地位。

检票口一般有两个管理员,如果这两人在说话,有点注意力分散和心不在焉,或者是一群人同时经过检票口,有的人可能就不将手中的币投出,留着下次乘轮渡时再用。也有推着自行车的人说投了两个币的,但管理员拉住他的自行车说只看见投了一个币,难的是不能当场把柜子打开去清点,因为总不至于为了投不投一个币而影响正常的交通秩序。所以这样的争执总是不了了之,这时仅凭眼睛是不够的,而只能凭各人的良心了。对于我来说,经过这样的检票口说不出有多少次,留下的唯一遗憾就是当时没有多买一个币留至今天。如果一币在手,能作个纪念不说(至少能知道币面上有没有水上轮船图案),也许这币还会像股票一样翻了无数倍呢——只是我们的股票似乎总是下跌的。

过了检票口，走上一条长长的通道，通道至码头处有一道铁栅栏门，人们就站在这门前等候轮渡。一个码头一般有两只轮渡对开，轮渡一到，先是下客，然后开铁栅栏门放乘客上船。

轮渡开时首先感觉到的是黄浦江上的风。如果是从浦东摆渡到浦西去，扑面而来的是上海城里的工商业味，还夹杂着传统和现代、海内和海外的繁华氤氲之气。所以如果是乡下人，第一次闻到这气味就会如我一样晕船。如果是从浦西到浦东去，迎面吹来的是郊外的风，沉浸在都市霓虹灯里的头脑就会变得清醒，即使是平时晕车船的人这时乘车船也如履平地。

在轮渡上看黄浦江两岸的风景，当时只有外滩一带好看看，那里矗立着很多高楼，据说最高的有 24 层，走在楼底下向上仰望，要扶着帽子或者把帽子摘下来，否则就会掉地上。黄浦江上有来来往往的船，大多是装载着货物的运输拖驳船，船队逶迤而行消失远方，没有一点诗情画意，却都是平平常常的人世间的生活。偶尔会看到泊在江边的灰色舰艇，水兵帽子上的蓝色飘带会带给人关于这座城市和海的梦幻，这也许是当时也可一看的风景。

轮渡上有时还会上来一辆货车或轿车。轿车在那时是稀罕物,它在拥拥挤挤的人群中鹤立鸡群——虽然它比人要矮得多。那时看轿车的心态是平和的,眼睛里还会流露出羡慕,不像现在看见车子就像看见蝗虫。

最容易忘记和最难忘记的是同乘轮渡的一船人。说最容易忘记,是因为乘了这么多次的轮渡没有记住一张面孔。说最难忘记,是一直会呆呆地想:这一船船人现在都到哪里去了?

无锡

二姐在无锡工作，找的我姐夫是无锡人，结婚后，叫三姐和我去无锡游玩几天。我那时 17 岁，第一次出远门，乘上海至无锡的火车，看看沿路的房舍、田畴、树木、河流，满眼都是天下世界的辽阔和新奇。那火车上乘客不多，都平和地坐着，看看窗外的风景，又看看走来走去的服务员，彼此之间让个道、换个座、递个茶杯，有一种出门在外的相敬相亲和默契。车过苏州时，远远看见虎丘塔、塔下蜿蜒的山林、散疏的苏州古城，像一张发黄的相片镶嵌在这一片初夏的绿色之中。过苏州站停留时，有人把一个背包遗忘在对面的座位上，一位无锡乘客对另一位乘客说："对面背包没人要。"我和三姐听了这句无锡话不知为什么笑了起来，后来还偷偷地学说了好几遍，并且竟然永远地记住了。

到了无锡，走过胜利门，看到了无锡的山，在黄昏的夕照中一片隐然的青色，耸立在楼宇街市的背后，使人觉得那山近在咫尺又远在天边。我是第一次看见真实的山，不由得有些莫名的兴奋和激动。那片隐隐闪着夕阳亮光的青色，仿佛在用它的美丽和神秘昭示着什么，如同我们乡下田野上的夕阳和地平线所昭示的那样，它与我心中某个地方有着天然的契合。我想每一个人心中也许都有这么一个神秘的地方，像原始纯真的处女地，能触及它的，只能是大自然的手指，一旦被触及，便会如拨动的琴弦一样颤动不已，从琴弦上流出来的，是人的天性中对世界和宇宙美好的憧憬，正是这种憧憬，使人对自然对人生对生命充满了感激、依恋和爱。

我二姐和姐夫的家在一个院子里。院子西侧有一个月亮门，走进去又是一个小庭院，小庭院里有一口大大的井，宽大的青石砌的井台沿，青砖铺地，沿墙长满青苔，四壁青气森然，有一种沁人的清凉。我喜欢这个小庭院和这口井，经常来此打水洗脸洗手脚,那井水清凉甘冽,令人想起无锡惠山天下第二泉的溪水。那溪水想来几经演变,已成为供人观赏的官泉,反而比不上这巷间人家的井水与人有着分不开的情分。

从二姐的院子里走出去,是一条长长的巷子,城里人家原来大多在这样的巷子里。高楼大厦和灯红酒绿的繁华只是纸醉金迷的虚幻,小巷子里的酒香饭菜香才是人间世俗的真实。从长长的巷子里走出来,是热闹的大街,这边是江南菜馆,对面就是城中公园。我每次走过城中公园只是朝里望一望,也未曾有进去的念头,因为里面的树木花草我们乡下都有,花钱去看只是一种奢侈。

姐夫带我姐弟俩去游鼋头渚,又从鼋头渚乘小船去梅园。小船极小,如我乡下的小船,湖水就在手边,风贴着湖面吹过来,船头船舷上都是水声,空气里都是水腥气,湖水青如草色。湖宽橹声长,那些在湖光山色里咿呀不已的橹声,单调又干净,一声声落进了这太湖黄昏的夕照里。

时节已是仲夏,梅园里早已没有梅花,我看到的只是一棵棵亭亭如盖的树,长着细微的叶子。我自小在乡下从未见过梅花,只是我已知足,走得有些乏了,坐在树下有一份安分和闲适。

后来又去了锡惠公园。锡山圆而小。惠山比锡山高，有头茅峰、二茅峰、三茅峰，我和姐夫一口气爬到三茅峰，算是到了无锡城里最高的地方。只是上山没有路，姐夫和我在树林、灌木和草丛中爬上山去，看看无锡城就在眼底脚下，那烟囱林立的工厂似乎比城市更有气派，那真是一个工业引领潮流的时代，只是我却连任何思虑都没有，只觉山河浩荡、岁月悠悠，今天和未来的日子个个都是说不尽的好。

学摄影

我学摄影是受了我二姐夫的影响，因为他第一次到我家来挎着照相机的样子很帅。只是二姐夫是工人，有钱买得起照相机。我是农民，一年挣的工分能喂饱自己就已很不错，哪来的钱买照相机。但是我有一个当工人的老爸，而且他那时正好在苏丹援外。二姐夫说在国外买相机比在国内买价格便宜，质量还好。我就写信给父亲，厚颜无耻地提出了我的要求。大概是考虑到家里的经济状况，父亲当即就拒绝了。但是意想不到的是，父亲回国时真的带回了一架相机，是在莫斯科机场里买的，牌子为爱好者,120方框的。对此,一向节俭持家的母亲竟然也默许了。我那时少不更事,现在想来,这不是父母的一时冲动,而是他们出于对我的爱而对我的宽容。

这样我就开始学起了摄影。我先是给村宅里的伙伴们拍照,但大多数人一开始跃跃欲试,等到一站到镜头前就犹豫再三甚至逃之夭夭,因为他们都说拍一张照片实在是太奢侈了,不是什么毕业留念,又不办什么喜事,无缘无故拍什么照糟蹋钱。即使我反复解释这是我试拍,不收大家的钱,也很少有人肯充当我的模特儿。因为他们说用我的钱他们心里会更加不踏实。

后来,公社团委书记让我参加公社摄影小组。摄影小组也就三个人,除了团委书记和我,还有一个是我一个村的张炎平,他有一架135相机,家中有暗房,自己会冲印照片。他加入摄影小组是因为他的摄影技术好,我加入摄影小组是因为我有一架照相机。团委书记让我俩拍摄公社开大会和搞一些活动时的新闻宣传照片。这样,每当公社开大会和搞大型活动时,我俩就台上台下、跑前跑后、登高蹲低地拍摄,就像新闻记者。领导看见我俩上台去拍照,就会把身子坐坐直,腰板挺一挺,衣服上的纽扣也全都扣端正。

团委书记为了提高我们的摄影水平，有一次还专门带我俩去上海豫园和城隍庙实地拍摄。那次拍摄了许多照片，记得我后来在第六师范学校读书时，曾将当时在豫园里张炎平拍我的一张照片的底片，拿到洋泾照相馆去重印。后来有同学告诉我，他们在洋泾照相馆看见了那张照片，放在橱窗里当样张了。所以要是说明星什么的，我在很早的时候就已经当过了。

我印象较深的还有我给妹妹拍的一张照片，我让她坐在河边的水桥石上，拍出来的照片上，她穿的粗布青衫倒映在水里如一片云，长长的黑头发如水草，我说水桥石上坐着的是一个水妖。还有一张我拍的逆光照，我家门前一湾河水波光粼粼，像是要从照片里流出来。

最难忘记的一次拍摄是在某年的七月初。我师傅的儿子不幸触电身亡。这孩子生前没有一张照片，师傅嘱我要给他留一张遗照。那天清晨曙色已明，我和人将这孩子从屋里抱到外面，将他倚放在墙下。我拍摄时发现这孩子的额角上破了一块，大概是触电时被电线烧灼的，我想这样拍出来的照片一定不好看，就拿了一顶帽子给他戴上，正好把额角上破的地方遮住了。这孩子平常与我熟，我一边拍摄一边懊悔：为何以前就没想到给他拍几张照片?!照片拍好后,我将胶卷卸下来让人拿去照相馆冲印。后来别人告诉我,照片拍得不错,这孩子戴着帽子也很上照的。我听了心里一酸,觉得有时候摄影中的美竟是如此哀伤。

经历了此事后,我似乎对摄影的爱好大不如前。那架伴随我多年的爱好者相机,后来也不知借给谁了。

蜜蜂

那个时候村庄都是破破烂烂的，房屋的墙壁大多没有经过粉刷，或者粉刷的大多已剥落，在砖缝处露出一个个小洞，这些小洞里经常有蜜蜂钻进来过夜。于是，捕捉这小洞里的蜜蜂就成为我们童年时的一个乐趣。

那是油菜花开得最艳的日子，铺天盖地的金黄似乎要把这个世界统统淹没了。黄昏的时候，太阳的余晖逐渐收去它带给村庄和田野的温暖，油菜花的金黄虽然把春天的气氛渲染得如火如荼，但四月的夜还是寒冷的。在田野里飞了一天的蜜蜂开始寻找过夜的地方，它们飞向村庄，在那些残破的墙壁前逡巡不已，最终它们在面西墙壁的小洞口停留下来。在夕阳的照耀下，面西的墙洞要比面北的墙洞暖和得多。当它们钻进这些小小的墙洞时，就成了我们的瓮中之物。我们把捉来的蜜蜂放进一个个空火柴盒里，里面放上几朵油菜花，以为那是蜜蜂喜欢的食物，只可惜没过几天，蜜蜂就死掉了。

现在每当我看到蜜蜂的时候，就会想起那些小小的墙洞、温暖的夕阳、夕阳下面西的残破的墙壁，那是我被四月的油菜花淹没的家乡和童年。

午饭后

午饭后，想小睡一会儿，外面春光甚好，情不自禁走出门去。门前场地上的青菜、萝卜和荠菜都已开花。油菜、蚕豆、扁豆等都是长得嫩旺时开花，就像人的妙龄如花开。只有青菜、萝卜和荠菜长老了才开花，就如人的老来俏。蜜蜂、金铃子和麦蛉在这里嗡嗡地响成一片，蝴蝶悄无声息地上下飞翔，它薄薄的翅膀难道就这样煽动了春天的风情？

我走到西面的池塘边，池塘里的芦苇已长得很高，记得在田野上劳作时，我们会去河边割一根芦青，将芦叶编成一条有麟有角的龙，或者编成一只六角的风筝，中间留一小孔，穿在芦青的梢上，竖立在田野里，让风吹着这风筝不停转动，春天的田野仿佛也就随着旋转起来。有时我们会把芦叶做成一只哨子，放在嘴里吹，仿佛只一口气就把田野吹绿了。

我走到田野上，路边的丁丁草叶瓣透明，仿佛阳光穿过了它们。鹅头草开着极小的花，不仔细看不会发现，发现了也不会仔细去看，那是散落在草丛中闪着亮光的蓝宝石。黄花郎开的花是扁平的，比一个壹元的硬币要大一些，与其说是一朵花，不如说是一个车轮。我想如果风把它吹下来，它一定会像车轮一样滚来滚去，像金币一样闪着阳光，并在风中叮当乱响。

黄花郎旁边长着一蓬蓬曹郎，曹郎也开黄花，但比黄花郎的花要小。这是田野上的兄弟花，就如宋朝里有武大郎和武二郎，民间有兄弟义气。

有许多草小时候常见常割，但是自小起就没有留意过它们，虽然识得它们，却都叫不出名字，也不想去问，就像在这茫茫人海，认得许多面孔，但不必要知道名字和身世来历一样。到这田野上走走，只是随心所欲，就像到这世上走走，也是随遇而安一样。

午饭后

我走到康家湾，康家湾里泊着一船稠稠的黑河泥，罱泥的人回家吃中饭去了。我记得有一次扛河泥时一脚踏空就摔在这样满满的一船河泥里，扛河泥的男男女女笑了个前仰后合。我就走下船去，在船尾坐下来，倦意上来了，像醉酒的人酒劲上来了一样，我想如果在这船尾上睡过去，我的梦也许就会在河上变成一片帆。

甲鱼

一条河里有没有甲鱼,会捉甲鱼的人一看就知道了。

先是看河岸下的滩脚是什么泥。如是硬的黄泥滩就有甲鱼。如是软的黑河泥滩就不会有甲鱼。因为甲鱼喜干净,嫌黑河泥臭。

其次是看滩脚上方是否有草树之荫遮蔽。甲鱼喜阴凉,它不会栖居在阳光直射水温高的地方。

再次是看河中是否水草丰茂鱼虾繁多。甲鱼喜食鱼虾,一般来说,水草丰茂之处也是鱼虾繁殖之所。

不用说会捉甲鱼的人看了知道，就是甲鱼自己也知道。据说一只甲鱼来到一条新的河，它只要下河周游一遭就知道这条河是否能让它安身立命。如果不符合它的心意，它就会越河而去寻找新的栖身之地。

甲鱼趴在水下的滩脚上，每过半小时或一小时，它会浮出水面换一口气。它憋气的时间虽长，但是有经验有耐心的捉甲鱼人就这样发现了它的行踪。换气后如果它不去寻食吃，就会继续蛰伏在原来的窝里。它的窝只是一个浅浅的坑，趴着不动的时间长了，滩脚上的一些黄泥就会覆落到它的背上，它就与滩脚一样颜色了。我想之所以它富有营养，大概靠的就是平日这样静默不动地修炼。在陆地上修炼成这样高富帅的是人，在河里就是这甲鱼了。

据说也有智商极高的甲鱼，上午爬游到河对岸的滩脚上，下午再回到自己原来的窝里。它是在对岸瞭望这岸的窝，一发现异常情况，它就不回老窝了。

每年六月，天气暖和起来，可以下河摸甲鱼了。摸鱼取双手合围之势，摸甲鱼却是张开两手手指一下一下在河泥上戳过去的。戳摸到甲鱼的背时，就将它翻过身来，捏住它腹部的凹处就将它擒住了。拿捏的手势绝对准确无误,从来没有发生过因捏拿手法不对而被甲鱼咬伤的事。因为捉甲鱼的人早就知道:所有趴在窝里不动的甲鱼,其头都是朝着河岸的。每当在一条河里摸起第一只甲鱼,摸甲鱼的人就会仔细数看甲鱼背盖的边缘。边缘上的伤痕越多,说明这河里的甲鱼越多。因为甲鱼相遇,往往会争斗互殴,这样就会在背盖边缘留下咬痕。

秋九八月,水凉不能下水摸甲鱼了,就下钩子钓甲鱼。捉甲鱼的人用一条黑蚯蚓作诱饵,将一种药涂在黑蚯蚓上,黑蚯蚓顿时全身绷硬,串上钩子放入水中后,黑蚯蚓苏醒复活,蠕动身体并散发香味。下钩子时间一般在黄昏,乡下谚语说:鱼黄昏蟹半夜。黄昏时分,正是鱼类(包括甲鱼和黄鳝)四处游动觅食之时。这针对甲鱼下的钩往往屡试不爽。问捉甲鱼的人涂在黑蚯蚓上的是什么药,捉甲鱼人笑而不答。

捉甲鱼的人说,野生的甲鱼缘水而生,如果背盖白漾漾,说明这甲鱼长期生活在水色淡的河里;如果背盖黑沉沉,说明这甲鱼长期生活在水色深的河里。这样的甲鱼,腹内长出来的油是黄的,像三黄鸡一样鲜亮的黄。甲鱼是有灵性的,将捉来的甲鱼放在场上,如果场西有一条河,甲鱼一落地就会向西爬,绝对不会搞错方向,好像河在呼唤它们一样。甲鱼只要一到水里,就不仅爬得快,而且游得也快。如果你看见一只甲鱼在水面上,即刻撒网下去,这只甲鱼一定不会在网里,它像一张翻飞的叶,早已飘然远去。

树

我家屋后是一个池塘，池塘周围种了许多树，爷爷说只有一棵槐树可以打制家具，其余的树只能砍下来当柴烧。但对于我来说，这些树我都喜欢，因为一棵梧桐树的树顶上有鸟窝，那些鸟很漂亮，我说不出它们的名字，但我认识它们；一棵苦楝树夏天里开青莲色细小的花，一边开一边谢，池塘里就日日飘满苦楝树的花，鱼就来啄和吃；一棵老杨树弯弯曲曲匍匐在水面上，树身有一半在水里，借此我可以走到池塘中间去，蹲在枝叶丛中看鱼在水面上啄食，我不小心一动会惊得鱼四散逃遁，在水面上留下一个个圆圆的水涡，我认为这是池塘的笑容。

我爷爷说的那棵槐树有碗口粗，树枝虬结苍然，向池塘上方斜斜刺出，树皮如苔藓如鱼鳞，一年四季是冷冷的青灰色。这棵树给我以陌生感和敬畏感，所以我从来不敢去攀爬。它又长得慢，从我第一次看到直至它被锯掉，它似乎一直是这样，唯一的变化就是春秋有叶夏有花。冬天更适合这棵树，我一直这样想，因为冬天是停止生长的季节。

后来父亲果真用这棵树打了家具。槐树砍掉后，我有点惋惜，不是为了这棵树的消失，而是为了夏天里的金铃子和麦蛉。麦蛉喜欢一动不动地紧贴在树干上，金铃子却是一刻不停地围着这棵树嗡嗡起飞和降落。

池塘边一棵老桑树，好几年没有结过桑椹了。有一年忽然结了满树满枝，我和三姐喜出望外，看着桑椹由青转红、由红变紫渐渐熟了。但想不到一天下午放学回来，发现桑椹已被采摘一空，最惨的是好几根桑枝都被生生踩折断，眼看这棵桑树是活不成了。冬天的时候，父亲就连根锯掉了它。

我们小时候随父亲种过不少树，最易种的是杨树，从老杨树上砍下几根发青的枝条，插在土里就能活，过几年就长成了一棵杨树，但杨树永远不会成材，种后没人会上心，春天里杨花似雪也没人看。梧桐树是不用种的，它的果子随风飘落或者被鸟衔到哪里，树就长到哪里。我想如果鸟把各种树的果籽都衔来，这池塘就会长成森林。

我在屋前屋后和池塘边种了二十多棵水杉树，水杉树长得快，几年就成了气候，它的叶子在秋天就变红，而且红得很羞涩，使人想起刚刚开始的爱情。等到落红满地，你就觉得秋天就要归去了，水杉树已为她铺好了红地毯。

我在家时总是喜欢看房屋和池塘四周的树，它们站立在那里是那样宁静和安详，我似乎能听见它们呼吸和生长的声音，我相信它们是有灵魂的，它们的灵魂藏在每一根枝干、每一片叶子和每一朵花瓣里，我用鼻子轻轻一闻就闻到了它们的气息。

去年冬天，三姐告诉我，老家快动迁，动迁时一棵树作价10元钱。而如果卖给挨家挨户来收购的人，一棵树可卖15元，母亲已卖掉了五棵长得最高的水杉树。等我闻讯回家时，五棵水杉树只留下五个新鲜白亮的树根。池塘边少了这五棵树，显得有点空旷和冷清，我的心里也有些空荡荡，我知道一切已成定数：这些树都将离我而去。

后来当我再去老家时，房屋已全部拆平，树木已全部砍掉，只留下那棵老杨树还匍匐在池塘的水面上，我知道这棵老杨树不久也肯定会被砍掉，随着它的消失，一切关于村庄、老屋、池塘和树的记忆就会逐渐淡忘以至于湮灭。

我屋子周围的田野

我屋子的周围是田野，西北面一片土地叫康家圈，我们宅上都是姓沈的，只有一家姓康的，我不明白为何不叫沈家圈而叫康家圈，大概这片土地以前是属于康家的吧，但打听过说不是。再北面一片土地叫杨家圈，那是离我们村子最远的一片土地，它虽然不荒却没有人烟，是一片公墓地。我不明白为何要叫它杨家圈，因为我们村子里祖祖辈辈没有一个姓杨的，这个名字与我们村实在没有一丝关联。我家东北面的一片土地叫范家圈，在这片土地的旁边就是范家宅，住着七八户人家。因此这个范家圈最名副其实。

我知道农村里有许多稀奇古怪的名字，如有的地方叫羊棚桥头，但既无羊棚也无桥；有的河浜叫落水鬼浜，亦从未有人见到过落水鬼；也有人名叫小鸡或小狗，其实身上看不出半点鸡模狗样；叫“白扁豆”的，无非是想说这人的头长得有点扁，但仔细看看也并不扁。我们一起长大的有个兄弟，被人叫作“老母鸡阿海月香妹妹”，似乎是在暗喻什么爱情故事，但到现在也没有发生什么。所以对上述这些地名或人名，只能随之任之，没有必要去细想深究。

田野的名称虽然稀奇古怪，但生长的庄稼和野生的植物却是千篇一律：凡种下去的庄稼，都是队里统一安排的，无非是麦子、稻子、棉花、油菜之类；凡野生的植物，都是老天爷安排的，无非是各种各样的野花野草。一年四季，田野上有稻麦的青黄、油菜花的金色、棉花的白色、各种各样野花野草的颜色。虽然年年都是这些颜色，看熟了觉得有点单调，但比起我们在田野上的生活来，色彩似乎要丰富得多。

田野上的生活是简单的。在我小时候，我觉得田野就是我们割草和捉迷藏的地方。割草我不喜欢，但这是母亲交给我的光荣任务;捉迷藏我乐此不疲,因为可以暂时消失在茫茫田野之中,感受让人寻找不到的乐趣。等我长大以后,我对田野的感觉就是古人所说的八个字:日出而作,日入而息。这里虽然有陶渊明笔下描绘的美好躬耕生活,但每当我们眺望夕阳下朦胧的地平线,眺望被霞光染红和掩映的神秘远方,我们都会憧憬有朝一日能走出田野,去更远的地方看看这个世界。

现在我从远方的城市归来,我终于发现:我家屋子周围是田野,田野宛如汪洋大海,村庄和我的屋子如同泊在大海里的岛屿和船,所以与其说是生活在村庄和屋子里,倒不如说是生活在田野里,风是从田野上吹来,蜜蜂和蝴蝶是从田野上飞来,星星和月亮是从田野上升起来,我的生活和生命原来是与田野紧密联系在一起的——只是这样的田野已经没有了。

菜汤面

我们是恢复高考后的第一届六师生，其中老三届和历届生多，大多数人在农村劳动的时间比较长，年龄也相对比较大，而且刚刚经历了一个无书可读的年代。现在重新坐在课堂里，发现这些年已经荒废了很多读书时光，走进图书馆发现这世界上有这么多自己没有读过但必须要读的书，听着校长和老师振聋发聩、殷切沉重的话语和教诲，看看国家百废待举、知识和人才严重匮乏的艰难时局，伴随着油然而生的使命感，恐慌感和紧迫感更像一座山压在每个人的心上。

因此不约而同的，抓紧时间多读书，抓紧时间追补失去的读书时光，就成了每一个人的自觉行动。六师这座不起眼的校园，也如全国所有的校园一样，勤奋学习、刻苦读书的风气渗透到每一个角落，渗透进每一个人的生活和心里。即使是夜里熄灯的时间早已过了，但还有不少学生在寝室走廊的灯下夜读不止，即使管理员把走廊里的学生赶进了寝室，仍有人钻在被窝里就着手电筒的亮光看书学习。

我考进六师时，已在农村干了四年多活。紧张的学习生活使我感到：读书比干活消耗更大，而且消耗得不到及时的补充。在农村干活时，饿了就可回家吃上一碗半碗冷饭冷粥，在这里学习特别是晚自修后，大多时候无东西可吃，只能迫使自己带着饥饿感入睡。

我寝室里有一位金山来的同学，他有时会从家里带来一小箱家里人做的糕，分给同寝室的人吃。那是一种糯米粉蒸的方方的白糕，糕面上还印有花纹，吃起来松软甜糯。那金山同学长得白，但这糕比他更白，就是李白诗里天下最白的越女也似乎比不上这糕的白和媚。所以每到晚自修结束回到寝室里，大家就会有意无意的去看他放在床柜上的小箱子，心里都馋着他那糕。

那也是一个物质匮乏的年代,很少能从家里带出什么好吃的点心来。这位金山同学带出来的白糕,无疑是我吃到过的点心中的奢侈品了。我不知道现在这位同学在哪里任教,时至今日,我还是很想吃他的糕。

有一次,有位崇明同学带来了一桶崇明老白酒,大概足有两三公斤,三五知己就相约去附近洋泾镇上的胜利饭店晚餐。大家来这里上学已有三个学期,一次都没有上过酒馆,所以兴致十足、开怀畅饮,一下子就把这老白酒干完了。回学校正是晚自修之时,大家觉得面红耳赤地回到教室有伤大雅,就直接回了寝室。唯我要去教室里取书本,只得硬着头皮走进教室,发现一教室的人都用诧异的目光看着我,我慌慌张张取了书本就走,不知道脸上隐隐发烫的是酒红还是内心惭愧之红。

吃金山同学的糕,喝崇明同学的酒,毕竟是偶而为之,晚自修后,比较多的时候是去校外吃菜汤面。当然不是每晚都去,每周去吃一二次已经算是奢侈,因为当时学校发给每位学生的伙食费一月也就 14.5 元,这也是当时国家规定的读师范学校的待遇,不读师范学校还没这待遇呢。记得那面馆在民生路上靠近黄浦江边,店铺的地面比马路还低,马路上有石阶延伸到店铺里,店铺虽小,菜汤面却十分诱人,粗粗的面条有点黄,菜梗菜叶却一年四季都是青的,汤又浓又香,一角五分钱一碗,面碗比较大,但在当时看上去总觉得不够大。现在回想起来,当时那肚腹里的书香真的还夹杂着那菜汤面的清香呢。

吃完菜汤面,有时会随兴走到黄浦江边,看黄浦江水在夜色中滚滚东流,带着这个城市的灯火和梦幻;听黄浦江涛声阵阵,仿佛是战鼓催春;想明晨旭日东升,霞光将会把这江面铺成锦绣。

吃了菜汤面,夜读时就更有精神,那哗哗翻动一张张书页的声音,就像春蚕噬食桑叶的声音,那也是千千万万的学子在这将要发生翻天覆地变化的历史时刻发出的时代变奏声。我仿佛看到,随着这一张张书页的翻动,中国的历史翻开了新的一页。

上班行

我在滨三小学教书时，每天骑自行车上下班。

从邓镇向东几百米是韩家宅，小路环绕韩家宅其外，竹树繁茂于韩家宅之内。我每天早上骑车至韩家宅不远处，总会遇见一个拎着饭盒的姑娘，娉娉婷婷地迎面走过来。她每天总是在差不多的时间和地点出现，所不同的就是她的穿着有变化，就如同这田野颜色随四季的变化。

绕过韩家宅一直向东至滨三，这好长的一段路没有村庄和人家，只是一大片田野。来到这片田野上，似乎与外界隔离了。

但在田野上向四面眺望，发现田野周围依然是密集的村庄和集镇，它们紧紧地包围着田野和这一大片寂静，所以世界总归是在不远之处，与世隔离也只是暂时和相对的。

田野上有河，由于田野上庄稼丰茂，远远看过去只看见庄稼。河是突然地从庄稼地的尽头呈现出来的，原来是一条好长好长的河，沿着庄稼地旁边的路一直向东。早晨的阳光像一根根金银条铺在水面上，被风吹着一弯一曲地起伏闪耀。而当夕阳西下，晚霞就在这河上一路向西铺去，随着我自行车前进的方向而不断消失，最后消失在河岸的阴影里。天晴的日子，我每天都是迎着阳光来去的，仿佛我是一个追赶阳光的人。

后来我调到一个很远的地方去工作，每天只能乘公交车去上班，乘公交车才发现乘车的人比蚂蚁还多，人与人原来可以这样近地挤在一起享受团结的乐趣。

能不乘公交车当然最好，只是要看能不能搭车。我每天在车站等候公交车时，总是十分留意过往的车辆，有熟人的车就搭，不管什么车有车搭就好，夏天里不怕晒，冬天里不怕寒风吹。在车站上像我这样想搭车的人有一大帮，可以称之为“搭车族”。只要有一人认识一辆车，其余的人就都有搭车的分。我认识一个司机叫阿二，开的是一辆小长安，每次看见我她就会停下来，有一次车还没停稳大家就一拥而上，车厢里两个座位上一下子挤坐好几个人就一下子坍塌了，我看阿二只是摇头和苦笑。我已经有好几年没看到阿二了，如果有一天她站在路边我也一定会停车，问她要不要搭车。

后来通了地铁就乘地铁去上班。我发觉乘地铁的人与乘公交车的人一样多，人们像潮水一样向地铁口里流。我原以为乘地铁就像是潜泳，从这里潜下去，从那里浮上来，这一口气要屏很长时间，所以乘地铁时要给每个人发一个氧气面罩，大家都戴着面罩乘地铁，好像是去参加假面舞会。

地铁沿途没有风景，所以车窗形同虚设。乘地铁只能看人，每个人就是一道不同的风景。可是我看他们，他们都在看手机。

一饭之恩

我在滨三小学教书时，伙房就在我所教班级的隔壁，我在上课时能经常看到烧饭师傅在伙房进进出出，在伙房前的井台上打水洗菜，与别的教师说着闲话。如果是上第三节课，就有饭菜的香味飘到教室里来，我就有点饥肠辘辘，同时发现我的学生们有点分神，大概也如我一样沉浸在对美好食物的想象之中。

伙房其实是教室西侧搭出来的一偏间，狭小且低矮，里面放了一个煤球炉、一张八仙桌和几个凳子，我们几个搭伙的教师就在里面吃中饭。张老师的小儿子在本校念书，母子俩吃饭时，张老师总是等儿子先吃，她的儿子总是把好吃的菜洗劫一空，留下来的张老师再吃。如果烧的是肉丝咸菜汤，她的儿子就会用筷子或调羹把汤里面的肉丝全部捞净，只留下一些咸菜叶漂漾在清汤里。在我们乡下有一种麻电船，船上的人拿着长竹竿，竹竿上缠着电线通着电，放到水里去电鱼(我们乡下也叫麻鱼)，一条河浜如果有一只麻电船走过了，这条河浜里的鱼就会捕捞一空。因此我们给这个小男孩起了个绰号叫“麻电船”。这个绰号让张老师笑得前俯后仰，也算是对她一直吃她儿子剩饭剩菜的补偿。

后来由于诸多原因，搭伙的教师越来越少，烧饭的师傅也走了，每天的中饭只能自己解决，所以我有时一边上课一边还惦记着中午的这顿饭，过着有一顿没一顿的日子。记得有一次无菜可烧，就将剩下来的年糕和豆腐放在一起烧炒了一下，凑合着对付了一顿。学校里的几个同事颇关心我的饮食情况，看见伙房锅里余下来的年糕豆腐，不禁讶然称奇，说年糕怎么能放在豆腐一起炒呢？

虽然我每天总会惦记烧中饭这件事，但有时也会将此事抛之脑后。一次我决定改善一下自己中午的伙食，就从家里拿了点黄豆，买了两个猪蹄，放在煤炉上烧。后来由于一连上了几节课，就把此事忘了。等到我在教室里闻到一股焦味，急忙冲到伙房里时已为时已晚，锅底上除了一团焦黑糊糊的东西外，哪里还有半点黄豆和猪蹄的影子，所幸的是锅底还未烧穿。我沮丧地把这个结果告诉我的学生，想不到他(她)们竟然忍俊不禁地掩嘴失笑和放声大笑起来。

那天，我正为中饭没着落而伤脑筋，一位老妇人拎了一个竹篮子来到我的办公室，说是给我送饭来了。原来她是一位女学生的奶奶，她从她孙女口中知道了我的情况，就专程给我送饭来了。我曾经不止一次的劝说学生把为我送来的饭拿回去，且就像伯夷叔齐不食周粟一样的有决心，但是不知为什么这一次我却动摇了，我相信这绝不仅仅是饥饿的原因。后来我看《史记》，说到韩信寻得漂母以千金来报一饭之恩，不由得扔卷一叹：这世上的恩岂是能轻易报得了的！

种西瓜

种西瓜之前的隔年，选一块做营养坯的地，一遍遍深翻，拣去柴屑草根等芜杂之物，耙细泥块。一次次施上过磷酸钙、菜饼等肥料。最后，这块地颜色黑沉，泥土松细，像一块松花糯米大糕。

做营养坯的隔晚，将这块地用水浇透，第二天即可做营养坯。所谓营养坯，就是一个个小小的圆柱形的泥坯，像新卖出来的蛋筒卷。在每个营养坯中埋入两粒西瓜籽，排列成一畦，贴着坯的表面盖上一层薄薄的尼龙布，再在畦上面搭起尼龙棚。此时，桃李花已把春天开暖了。

看到营养坯上顶出瓜秧，就把蒙在坯面的尼龙布揭掉，就像新郎官揭开新娘子的头巾一样，看见的都是期待里的喜悦。那瓜秧嫩得有点鹅黄，小小的两个瓣上已经有了那未来覆盖田野的绿纹。此时已是清明，布谷鸟的叫声唤来了柳条上和花荫下的雨，却又天天是草长莺飞、风日洒然。

5 月初，家家忙着把泥龙棚里的西瓜秧移栽到大田里去，大田里早已挖下一个个栽种瓜秧的圆洞，洞底放进过磷酸钙和菜饼。菜饼是发酵过的，不发酵的菜饼怕发酵起来烧损西瓜秧的根须。

瓜藤爬至一尺多，要在距根部五十公分处的畦背上挖一条长长的沟，放入充足的肥料。因为瓜藤每爬一尺，根须就在地下生长一尺，瓜藤越爬越长，随之不断伸展的根须也就需要吸收更多的营养。等到藤叶覆盖了瓜田，在瓜田的任何一处挖下去，都能看见细而白的根须，像印在泥土里的花纹。

结的第一批西瓜叫梅瓜，因为是在梅雨季节结的瓜。梅瓜个儿不大，因为结瓜时瓜藤还细和短。等到瓜藤爬得长和粗时，结的瓜就会比梅瓜大许多，这时结的瓜往往留下几个当瓜种。

种西瓜

我三阿哥徐国飞家每年种西瓜。瓜一批批熟，他们夫妇就一次次早出晚归四处去卖，夫妇俩经常凌晨三点就出门，日头西斜才回家。大批瓜成熟时，国飞家的客堂、灶间里和桌子底下堆了许多瓜，满眼是西瓜碧绿的花纹，而地里还有瓜正待摘下来。这时，种瓜人心里半是欢喜半是忧，担心瓜价比往年低，担心瓜卖不出去要烂在地里。

记得有一次在国飞家地头摘了一天西瓜，至傍晚装上一辆车，想不到这车途中熄火，推发动好几次，后来索性抛锚了，只好把瓜搬换到另一辆车上，开到洋泾民生路车辆摆渡口，排了两个钟头的队总算过了黄浦江，卸下瓜来已是第二天清早四点多，晨色朦胧中菜市场已开张，我们也摆开阵势来卖瓜。到了中午我感觉倦，就在路边树荫下铺开带来的草席躺下来，树缝里阳光晃眼就将草帽遮盖在脸上，迷迷糊糊睡过去，身上只觉阳光暖烘烘，耳边只听得路人脚步响。至傍晚瓜已卖掉一大半，我们乘公共汽车先回家，国飞要守睡在卖剩下的瓜堆旁等明天再开张。当天的卖瓜钱由我带回来交给三阿姐，三阿姐从来不论瓜卖得贵和贱，只要瓜卖了，人平安回来就是好。

其时国飞地里还留着瓜，是送给我们各家的，特别是留种的瓜又大又甜，记得吃后要将瓜籽还给国飞家。等到地里的瓜成为最后的收藤瓜，就长得只有拳头大，干活时渴了就顺手摘一个，一拳砸开就能吃，瓜汁一半在口里，一半滴落在地里，瓜瓤里还满是日头气。

赤脚

我们乡下男人 3 月下旬落谷种,赤脚下水田。这时节油菜花虽然开得暖洋洋,但水田里的水还寒冷。男人的脚在鞋袜里捂了一个冬天,已经不是那么黑了,但也说不上白。

刚踏入水田的脚,被冷冷的水刺激得有点麻痒,踩着稠滑的泥时还有点不适应。在田里来回走了几次,走出哗哗的水声来,好像把水和泥搅走热了,这脚就慢慢找回了以往的感觉。落谷种也就个把时辰,上得田埂来,脚有点红,从脚趾、脚背红到脚脖子,简直红得有点烂漫,刚下水田时那点寒意现在已经烟消云散。这时节正是春气旺盛,不敢赤脚下水田的男人会被人笑话,说肯定昨夜干下那事了。

5 月下旬割麦子,麦子收上来后灌田、耕地耙地,男人天天下水田,就天天赤脚了。男人赤着脚出工,赤着脚收工,吃三顿饭时也赤着脚,只在临上床时才去水桥头把脚洗一洗,第二天早晨从床上下来就直接踩地上了,鞋子对男人来说似乎只是一对摆渡船。

男人的脚走过水田、田埂、泥路、河坡、石桥,脚上常常沾着泥巴、水沫和草屑,被太阳晒烫的泥路烫不了男人的脚,石子和泥块硌不痛男人的脚,只有草路边一丛丛绿得发亮的草,草里常藏一根针,会突然一下子刺痛男人的脚。男人弯腰去寻这根针,从来没有寻到过,因为它本身就是一根草。一根柔软的草会刺痛男人的脚,这似乎是不可思议的事,却又是每日随时在发生的事。

从初夏到立秋,男人一直赤着脚,男人的脚变得很粗糙,比男人的脸要老许多。我想这大概可以作为"人老先老脚"这句话的最好注脚。

女人也会赤脚下地干活,不过一定是在插秧之时。拔秧大多在清晨，田里水比较冷，女人往往会穿长筒套鞋出来拔秧。女人穿长筒套鞋如同穿皮靴子一样好看，我怀疑现在女人流行穿皮靴子，就是从穿长筒套鞋启发变化而来的。插秧大多是在下午，阳光已把水田晒暖甚至晒烫了，赤脚反而很爽。女人赤脚挽起裤管，小腿肚子藕一样白，在阳光里耀人的眼。男人抛秧时就故意抛到女人的身后，泥水溅到女人的小腿肚子上。

经历过仲春和长长的夏秋，男人赤脚赤惯了，也自由惯了，立秋后穿鞋子下地干活，反而觉得不习惯，因为男人的脚大概就是为这土地而生的，赤着脚踩着这土地，大概会使男人感到更亲切和踏实。

当然，赤脚除了是男人天性使然，还有一个原因是男人对于鞋的爱惜。那时我乡里人穿的大多是布鞋，布鞋是乡下女人做的。从剪鞋样、扎鞋底、缝鞋帮鞋面，做成一双布鞋要费很多心血。男人穿的布鞋鞋底那么厚实，针脚那么紧密，都是女人一针针扎缝出来的。女人只要一闲下来，就扎鞋底，扎一针就把针往自己的头发上擦一擦，似乎头发能发电把针磨得锋利一样。一双鞋底扎下来，女人头发黑亮了许多，也掉落了许多。我们乡下男人，从小就懂得爱惜鞋，从小就懂得母亲和姐姐做一双鞋的不易。我有个小伙伴,他母亲给他新做了一双布鞋,一次放学回家时,天下雨,他把鞋脱下来放在书包里,赤脚跑回来,却把鞋跑丢了一只,寻来寻去未寻着。那时村里穿皮鞋的人很少,即使买了皮鞋的人,平时也舍不得穿。我有个朋友买了一双新皮鞋,逢年过节也不肯穿,一直放了两年,第一次去岳父母家时才穿,想不到一进门鞋跟和鞋帮就脱胶了,只能用一根红丝线扎绑住。岳父母说,新女婿第一次上门,脚上系红丝线喜气!

打麦场

那时队里没有打麦场。生产队收下来的麦子稻子都放在宅村人家的场头上脱粒。

麦子是铺在泥地上用竹钳打的，一把把竹钳打出一片片响声，乡谚云“噼噼啪，噼噼啪，大家来打麦”，说的就是这件事。打麦子是在夏天，那一把把竹钳下麦粒飞溅，飞溅出来的还有夏天炙人的阳光和打麦人的汗滴。

稻子是放在一排排凳子上掼的，双手捏住一把稻禾根部高高抡起，将稻穗掼在凳子上让其脱落。稻子一年收获两季，一季在夏末,一季在秋天。那夏末和秋天掼下来的稻谷,一部分是上交的公粮,余下来的就是每家每户一年的口粮。

打麦子和掼稻子时,麦粒和谷粒溅满宅村人家的壁脚,还溅到屋里。那宅村人家的主妇总是拿一个畚箕,将这壁脚上的麦粒谷粒扫到一起,将嵌在壁脚砖缝里的掏挖干净,将散落在屋里的捡拾起来,放还到场上的麦堆和谷堆里。

秋天里摘的棉花,也晾晒在这场上,太阳一晒,棉花里的棉蚜虫就爬出来了。那些红红的小虫子爬满了宅村人家的墙壁和窗台,宅村人家的主妇将它们扫下来喂鸡鸭。她们自家的场头年年给队里用了,这些虫子也许就是队里对她们每家的补偿。

后来,队里建造了打麦场,也买了脱粒机,收获的日子里,一场头的机器轰鸣声,一场头的欢声笑语,一场头的麦香稻香。打麦子的竹钳和掼稻子的凳子被冷落在墙角里了。

那时,早晨一吃过早饭就往打麦场上跑,听队长派工派活。晚上一放下饭碗也经常会往打麦场上跑,因为打麦场上放电影或者有文艺演出,本宅村和邻村的男女老少都会来看。听宣传员读报(全村只订有一份《解放日报》),收听重要广播和召开社员大会,也都在这打麦场上。打麦场上还经常有男女青年来聚会,介民哥吹奏的笛声和顺昌哥拉响的手风琴,还有县里新来的农业科技员讲解的课,以及带来栽培的稻麦新品种,都像磁铁一样吸引人。

实行家庭联产承包责任制后,土地分到了各家各户,麦子稻子棉花各家自种自收。种庄稼的日子似乎缩短了许多,多余下来的日子,人们都忙着去打工、做生意和开工厂了。田野开始变得冷清,村庄开始变得寂静,打麦场也失去了往昔的热闹,只有到了稻麦成熟之时,才有人家轮番到打麦场上来脱粒,那脱粒机的声音断断续续,似乎有点生锈,人与人之间久不相见,似乎也有点生分。

又后来,家庭农场诞生了,土地流转集中起来进行规模化经营。稻麦收割、脱粒、烘干、进仓、包装、销售等,实行了机械化和流水线操作。打麦场,这一曾经占据了重要位置的生产环节,这一曾经占据了农村人生活重要位置的场所,就这样退出了历史舞台。

与此同时,城市化的浪潮和民工潮席卷而来,一批批农民进入城镇,在他们背后留下了日渐沉寂的村庄。一群群外来人员进入村庄,带来了另一番景象。

现在,当我漫步在村庄,我看到和感受到的是:

村前的小河再也不漂流水草和浮萍了
河边淘米和洗衣的水桥也已坍塌了
打麦场上早已没有麦堆和稻堆了
曾经悬挂在麦堆和稻堆上方的月亮每晚也很无聊
成百上千的房子不知从哪里跑出来了
挤在一起让风也透不过气了
人们像看陌生人一样看着我
这村里已经没有一个我熟悉的人了
只有这棵老槐树还站在村头
不知它在七月还开不开花了?

我相信,村头的老槐树一定还会开花,槐花和它的香气还会飘落在小河里和道路上。村庄里一定会有一片新的打麦场,不过,那竹钳下溅起的不再是麦子的声响,而是田园诗的畅想……

动迁

听说要动迁了，我们村里房子还未造足的人家就纷纷打报告给镇里要求批平方；已造足平方的人家这里搭那里搭；报告已批下来的人家抓紧造房；不管是旧房还是新房，不要任何人发动，一律都装修。造房子和装修都遵循一个原则：用最少的钱建造和装修得外表最好看。过去建造和装修房屋是给自己和后代住的，只要内里结实耐用，外表难看点也不要紧。现在建造和装修房屋是为了动拆迁时评估到一个好价钱，可以灯笼壳子空好看。我原以为天下最老实的是农民，现在明白了原来农民搞起形式主义来也不比任何人逊色。于是全村家家户户或建新房或搭违章或装修,就像进入了早已被遗忘的农忙季节,那些以次充好、五颜六色的面砖、地砖和大理石覆盖了全村房屋的每一个外立面每一寸地面每一个角落,一个个宅村一幢幢房屋焕然一新,有一种五花八门不协调的夸张的怪异的美,包括村人洋溢在脸上的笑容,也不是过去造房建屋时那种掩饰不住从内心发出的踏实满足自豪的创家业的笑容,而是复杂和虚饰得难以解读。

唯有我家没有装修房屋,看着村里邻里大兴土木只是无动于衷,母亲催问我几次也懒得回答,我当然知道房屋装修不装修在评估时大不一样,但就是感觉这样做太累,也太没意思,而且我也没有时间。当然我不能这样对母亲说,好在母亲已经又老又聋,我连比带画大声对她说了一下,大意是不装修其实对评估影响也不大,她好像似懂非懂地听明白了,懵然地看着我的脸点了点头,由此我知道老了糊涂了也真是那么地好。

评估房屋的那一天,只有我父母和我三姐在家,据说是一个只有二十多岁的小姑娘到我东屋里看了看,西边的房子锁着,她就在窗口看了看就走了。等我几天后回家,每家每户的评估报告已赫然贴在孙家宅的东墙上了。我惊叹评估房屋的高效和简单，原来我以为评估房屋时会来一个工作小组，里面有资深的评估专业人才和富有经验的领导者，然后一户一户地评估分析比较，最后形成评估协议方案，经双方同意后签字生效。我认为这样做虽然费时费力，却显得郑重其事，符合我们农村人家的心理习惯，因为房子无论是在我们眼睛里，还是在我们心里，历来都占据着极其重要的位置，它是人的财产和尊严的一个重要组成部分，如果有人想要动迁我们的房子时，我们希望我们被动迁的房子能得到尊重和保护，对待它的工作人员有一个慎重的态度，如果草率了事，就是对我们财产的一种轻视和对我们情感的一种亵渎。

在评估之前，可以说百分之百的村民对动迁这件事是抱有好感的，因为对于我们农村人家来说动迁意味着生活质量的提高、居住环境的改善和生活方式的改变。虽然从农民变为居民，从乡下人变成城里人从眼前来看不见得是如何是好，可也确实曾是村民们几辈子梦寐以求的事。因此，在评估和动迁之前，村民们的期望值虽然较高，但心态是比较平和的，他们期待能和来动迁的人有一个良好的沟通和协商，平平安安地进入到一种新的生活里。

但如此评估不是一个好的开端，而是一开始就制造了矛盾和埋下了隐患。一个显而易见的事实是，当评估报告一贴出来，大多村民认为评估太粗糙，有不少漏评、低估之处；因此，他们围在评估报告前议论纷纷，久久不肯散去，有的村民愤愤不平，当场扬言要做钉子户和上访户。

村民吵闹的结果是重新进行评估，由原来的评估人员对原评估报告进行适当修正。我怀疑这也许是评估公司惯用的先抑后扬的一种工作方法，以便让讨价还价的村民心里有一个逐渐平衡的过程。我也找到了那位负责我家房屋评估的小姐，打开西屋让她现场勘察，并对房屋的结构和质量做了必要的说明和强调，评估小姐显然对这种第二次补评的场面司空见惯，她不失笑态地承诺可对评估报告漏评的内容作进一步考虑，旋即就被接踵而至的村民请去了。

评估终于结束，接下来是拆迁公司进场，与村民一家一家谈判签约。现在真正到了关键时刻，因为评估上要增加几千元钱，需报出许多项目，例如少算几棵树，一棵树也就补偿 10 元钱。而拆迁主要是看平方和户口的，一个平方就是 3 150 多元钱，一个户口的含金量也较高，拆迁公司依据土地权证和户籍登记，核准平方面积和户籍人数。动迁户就八仙过海各显神通，在平方和户口上挖潜力和下功夫，有请白道打招呼的，有请黑道谈判的，有漫天要价、装死弄活、胡搅蛮缠的，有假离婚假分家的……总之，人的聪明才智发挥到了极致，社会的各种人际关系和资源力量得到了最充分的利用，终于，一张张房屋拆迁协议在历经坎坷后签订下来了。

协议签订了，但事情还远未结束。许多人签约前一连几天睡不着觉，签约后总算睡了个好觉，但第二天去动迁组发现与自己差不多条件的人家，动迁得却比自家好，就又睡不着觉了，所以动迁时安眠药相当热销。还有签约后为分房屋和动迁费大吵大闹、六亲不认的，有签约后反悔上访的，有认为动迁房建造得不好而不肯回搬的……

然而动迁总的是顺利的，大多数村民在规定的期限内签了约，并搬出了自己居住已久的房屋和村庄。随着一家家村民的搬出，拆迁公司的车辆和人员滚滚而来，房屋很快被夷为平地，树木很快被砍光，整个村庄像正在经历一场战争。我们生产队的三个宅村也早早被拆平，唯有孙家宅孙明德一家的房屋没有动迁，一是因为他家与动迁组谈判未成功，二是他家的房子虽紧贴规划红线,但对工程无大影响,故动迁组允许其保留下来。因此,现在唯有他的房子留下来了,孤零零地矗立在那里,像遗存下来的一段陈旧的历史,又像是坚守在这块土地上的最后一个堡垒。

家园

自动迁后，家园的概念就失落了。

原来的房子，沉淀了一个家庭生活的历史，里面的一床一柜、一桌一椅都留下了我们生活的痕迹。比如那些凳子，凳面暗红色的那个，是三姐喜欢的，她去看野外电影或下地拔秧时就会带着它，她还在凳脚上系了一根红丝绳，以表示她与它之间的特殊关系。粗头粗脑的那个，是我喜欢的，我经常拿它当作一匹马来骑。这些凳子都是父亲做的，他做的凳子结实得摔都摔不坏，与爷爷做的八仙桌和长凳放在一起，不动声色地散发着一种岁月和生命悠久而亲切的气息,就是在房子外面,隔着老远的距离,我仿佛也能闻得到这种气息。

原来的房子前面是一片场头,吃饭时要是热,端着饭碗走出门口就到场头上吹风去了,或者走到隔壁人家与邻居闲聊去了。夏天赤膊穿一条短裤,就可走出门口在场头上搭的丝瓜棚下乘凉。晚饭后站在场头上看月亮和星星,哪怕不是正月十五和八月半,月亮也总是显而易见,离开人很近很近,好像用一根长竹竿就可触及它。月儿如钩时,好像就挂在柳梢头,但走到柳梢后头去看看,它又挂到另一棵柳梢上去了。星星布满了天空,看得时间久了就都变成了一闪一闪的萤火虫,而那乡下人家蒲扇底下的流萤,也许就是这一不小心从天上掉落下来的星星了。

场头前面是河,这是流淌在我们生活里的一条河,我们在河边淘米、洗衣服,用河水烧饭煮菜,在河里捕鱼捉蟹。夏秋之季,有时天连续下雨,河水会漫上来一直淹至屋边,甚至淹进屋里,这样河里的鱼就会游到家里做客来了。冬天最严寒的日子,整条河就会结上厚厚的冰,砸冰时,冰层断裂的声音从河这边一直响到河那边,我想春天就是从这砸开的缝隙里慢慢长出来的。

说起这河时还不能忘了场头上的那口井。一开始是用河水作为饮用水的，后来政府提倡饮用井水，我家和隔壁阿青嫂家就一起请人来场头上打了一口井。从那以后，烧水煮饭就用这井水了。井水有点咸，据说是打井时招待打井师傅吃的饼子都是咸馅的缘故，但母亲和阿青嫂都说咸没什么不好，烧菜可以少放盐了。

原来房子的后面是一个池塘。池塘里生长着水草，有一种名叫水爬藤的，从水底远远地爬过来，一丛丛簇拥在池边。还有一种浅灰色的水草，像阿拉伯人的地毯一样铺在水底，阿拉伯人的地毯会在天上飞，而这种水草永远只在水底生长，一见到阳光它就萎了。一块块浮在水面上的是荷包草，像丝绒一样柔软和轻薄，又青绿得仿佛是假的，一块水草上总会有一只小青蛙停在上面。我喜欢站在池塘边看水草静止或飘漾的样子，看鱼悠然地游来游去，听它们吮吃水草时发出的啧啧的声音，我知道这是鱼对水草的赞美。

原来房子的周围还有树。有的树是我们的祖先栽种的，有的树是我们栽种的，有的树是飞鸟衔来的种子生长出来的。树上有鸟，每天早晨和黄昏，我们都能听见鸟的合唱，而在夏天，知了的叫声犹如一条直线贯穿在鸟声里，仿佛它的声音才是这部交响乐的主旋律。夏天里开着北窗,鸟有时候会飞进房子里来,它知道飞错了地方,迅即又慌不择路地从南窗飞出去。

池塘后面是田野,这田野上有我们祖祖辈辈的心血和汗水,有我们童年少年和青春的时光,有泥土一般醇厚的乡情和稻麦一样成熟的爱情。田野的远处依然是村庄和田野,那里生活着与我们命运相同的父老乡亲和兄弟姐妹。

我有时候站在田野上看我们的房子,发觉房子既超然地独立在田野上和河边,又与周围的田野、河流和树木浑然一体,仿佛它是从泥土里生长出来的,有一种与天空和大地契合的自然的美。

这就是我曾经生活和拥有过的家园。它虽然简陋清贫,但是我们热爱大自然的天性是从这里启蒙的,我们的单纯、质朴和美丽是从这里萌发的,我们人生的理想之帆是从这里启航的……它虽然已离我而去,但在我的心里留下了永久的痕迹。

现在我居住在一个新的小区里,我想我是会慢慢适应以至于喜欢这里的,因为这是我新的家园,也因为我记得博尔赫斯曾经说过,生活的每一个瞬间都是诗意的,值得我们去发现和珍惜。

阿培住院

我妻子阿培做好痔疮手术后，根据医嘱需静卧半小时，但阿培从手术室回病房后就想小便，却又一时解不出来，给她喝利尿的车前子茶、开了水龙头听流水声也没有用。静卧半小时后，小便却来了，而且一发而不可收，解了一次又一次。难受的是每解完一次，刚站起身来又想着要解了，却又解不出来。医生说，可能是手术麻醉引起的，因为末梢神经太过于丰富复杂，动的是痔疮手术，可能也影响到隔壁邻居了。但阿培担心是尿路感染，因为以前患尿路感染时也是这种感觉。医生就让阿培做一个尿常规检查，检查结果为正常，此时已是阿培痔疮术后的第二天下午，折腾了阿培术后一天一夜、并让我们为之担心的小便问题终于有了一个圆满解决。

接下来是睡觉问题。连续几天阿培抱怨床太小，睡不安稳，担心睡着时掉到地板上去。我说你没读过《金刚经》，心里有了这床，夜里就睡不着觉了。阿培说让金刚来睡这床也睡不着的。我后来发现这床两侧有栅栏档子，拉起来就将床围住了。阿培说围起来就睡得踏实了，不像睡在半天空里似的。我诧异这床上的栅栏为何前几天一直没发现，这毕竟不像哥伦布发现新大陆那样难吧。

接下来是大便问题。阿培平日里大便就难解，她担心术后排不出来，因而忧心忡忡。术后第一天无动静，晚上医生让她服用润肠通便的麻仁软胶囊，一般人服用两片，让她服用了四片。第二天早晨奇迹随之发生，阿培不费吹灰之力就顺利排便。我在旁边抚掌大悦，并看了一下她的胜利成果，发现所排之物颇为秀气。这是我第一次仔细观察别人的排泄物，并第一次发现自己竟然可以对另一个人的排泄物产生亲切感。

阿培出院后的第二天早上，排便困难，如厕 1 个小时 20 分钟,最后用了三支开塞露方才排出。换药时医生说伤口水肿了,这意味着术后痊愈的时间延长了。在遵照医嘱,饮食加大新鲜蔬果量,按时服用医生开的润肠通便药剂的同时,阿培自己开始想办法解决这一问题。比如早上起来不急于如厕,而是先走动走动,或做做家务,或先吃早餐。如厕时不用力,不管排出多少,觉得排不出了即刻停止,等有了感觉再排。这样一便分几次排,就分散了如厕的时间。实在排不出,就用开塞露。用开塞露也有讲究,我第一次给阿培用开塞露,用了三支才有效,主要是没有经验。后来给阿培用开塞露,我就注意了三点:一是尽可能将容器内的药液全部注入。单手两个手指挤压容器,不可能将药液全部挤压出来,就改用双手四个指头挤压,就将容器里的药液全部挤压出来了。二是注入后,要尽可能让药液多停留一会儿,不急于将容器即刻拔出,这样既防止了药液回流,又起到了堵塞作用。三是要注意体位,可在腹下垫一厚枕,形成前低后高的姿势,这样注入的药液也就不会回流。

一直用开塞露也不是长久之计,主治医生潘友珍就给阿培开调理肠胃的中药,服用后果然效果好,排便困难的问题终于解决了。

一般痔疮患者术后伤口一个月就长好,快的只需三个星期。但阿培水肿的伤口一直长不好,潘医生前前后后用了不少药,换药也是自己亲手换。这样过了两个月零四天,阿培的伤口终于慢慢愈合了。潘医生说,像这样的病例也是少见的。

三阿姐的庭院

三阿姐以前种过稻麦、油菜和棉花，嫁到海边后，学会了种西瓜和青玉米。见市场上青毛豆好卖，就寻思着种青毛豆。种过几次后，三阿姐知道了种青毛豆的最好时节是在立秋前后，那时西瓜即将收藤，铺在西瓜地里的稻草还未烂尽，立秋前后的太阳正毒，豆种在稻草下有庇荫。种青毛豆最迟不能超过立秋后七天，过了这节令，种出来的青毛豆就僵掉了。

种水萝卜是在八月里，三阿姐力气小挑不动水，就将渠里的水引到畦沟里，再给新种下的水萝卜籽浇上水。水萝卜生长快，萝卜籽落下去三四天就发芽,昨天看稀稀疏疏,今天已绿茸茸连成一片,再过几天,叶子在风里就有响声了。一畦畦翠绿里,可以看到裸露在泥土外面越长越饱满的萝卜的根。水萝卜长得快,一趟趟卖得也快,夏天里萝卜可以当人参来卖。长足的水萝卜如果不及时拔,就会长成空心萝卜,吃起来软绵绵像老棉絮。

那时村里无人会种甜瓜,有人送了三阿姐一包甜瓜籽,三阿姐就尝试种甜瓜。瓜秧长出来后,藤上结瓜少。三阿姐寻思番茄整枝会多生小番茄,甜瓜整枝会不会多生小甜瓜?就试着摘去甜瓜藤上的头,发现每摘去一个头,过几天就会在摘去头的藤两边各长出一个头,两边新长的头上会各开一朵黄花结一个小甜瓜。一块只有筛子大的地方,一根藤上竟然结了二十多个甜瓜,引得村里人都来看。三阿姐把留种的甜瓜分送给村里人,第二年村里人都会像三阿姐一样种甜瓜了。

三阿姐种的青椒,从地这头望到地那头隐隐然,一行青椒从这头摘过去,还未到那头已是满满一长篮。夹种在青椒地里的甜芦粟,像一杆杆旗排列开去,长得高的是青皮芦粟,长得矮的是红皮芦粟。长长的叶子在风里哗啦啦响,像万国旗在飘扬。

三阿姐造新房子欠了债。她曾对人说,如果蔬果种得好,还了债买糖分给大家吃。结果大家真的吃到了三阿姐分的糖，这糖比三阿姐种的甜瓜和甜芦粟还要甜。

三阿姐养了鸡鸭一大群。为了多生蛋来卖，有一次特意多买了几只雏曹鸭。曹鸭养大了，长出了彩色的羽毛和翅膀。有两只曹鸭忽然飞到了高高的电线杆上，等到喂食时又飞下来。三阿姐捉住这两只曹鸭仔细看，原来是两只野鸭。因为野鸭与曹鸭个儿小，幼时连孵坊里卖鸭的人也分不清。三阿姐虽然心疼少了两只将来会下蛋的曹鸭，但送上门来的野鸭肉也好让家里人尝尝鲜。

后来，三阿姐居住的海边建机场，三阿姐一家就搬迁到了城里。三阿姐住底楼的房子带有一个庭院。三阿姐寻思到了城里不能再像过去那样只是种葱种菜，就学着别人的样，在庭院里种花种植物种果树。几年下来，三阿姐的小小庭院琳琅满目，变成了一个花树的世界。

海棠花落时种下的两株海棠，一株已开花，开的是白花，三阿姐说花早上是白的，傍晚就变红了，大概是太阳晒红的。一株正含苞，花苞是深红的，三阿姐说过几天开出来的红花，不可能被太阳晒白的。

新种的月季也有两种。一种叶子嫩红,长得低矮。一种叶子淡青,叫爬藤月季,已长得如冬青篱笆墙一般高。三阿姐说爬藤月季四月里开花,一旦开花就会开个不停,一直开到冬天。这样,接下来的每个日子里都会有月季的花,也有持续不断的月季花香。

在庭院一个靠墙的角落里,有一个高出地面许多的木框子,里面围着几株牡丹,三阿姐说这是前几年一个朋友送的,送来时栽在花盆里,花开正旺。朋友说花期过后这牡丹就会死,移栽到地里也不一定活。三阿姐觉得这牡丹扔掉可惜了,就将它移栽到庭院里,居然种活了,但长势一直萎靡。后来听人说牡丹要种在高处,就用木栅栏围了这墙角,里面填土垒泥,将这牡丹移栽进来,第一年未开花,第二年就开花了,那墙角就艳艳的一片红。

三阿姐种花草树木是第一次,她就到处向人讨教。她知道了,满天星怕旱,要一天浇两次水,就是冬天里也不例外。蟹爪兰怕湿,冬天里一个月浇一次也不要紧。盆栽的杜鹃、紫薇、米兰、九里香都怕冷,冬天里要搬到屋里来,有太阳就搬出去见见阳光透透风。

她还知道了,给果树整枝,要在采摘果实之后,七月摘梨,八月摘苹果，十月摘柿子。这时就要把不长果实的枝、将要枯萎的枝、新长的二枝都修剪掉，第二年果子就会结得更多更大。给果树整枝，还要尽量引导果树向横里长，因为果树长得低矮些，采摘果实和喷洒药水也就容易些。给果树施肥，一般施过磷酸钙和碳酸氢氨，开春时施上，天气一转暖，万物复苏，果树开始新的生长，就吃上这肥了。果树如果生了虫害，可以用硫磺、石灰和水煎熬成汤来喷洒，但哪里去找这么大的锅？又哪里有安放这锅的地方？三阿姐只能暗暗祈祷果树长得平安。

现在三阿姐每天开出门去，身边总是有一批喜爱种花草树木的人，大家在一起谈论种花草树木的事，互相观赏各自所种的花草树木，那花草树木的幽香就沁入到各人的心里去了。

金萍的家

我表嫂金萍种的青菜，名叫肉叶菜。这菜与本地青菜确实有点不一样。本地青菜梗扁平，叶子光滑平整。这菜梗背弓起，像一把勺子。菜叶皱巴巴，边沿向里卷起，像一把芭蕉扇。好像风是理发师，将整块菜地吹烫了一遍，菜叶子就像头发一样全部卷曲了。卷曲的菜叶厚实有质感，所以金萍说是肉叶菜。其实这是太湖菜，阿培说小菜场里有得买的。金萍种的这菜长得乌油黑水，说明这地里有底气。我说如果有女子在这土地上走过，清瘦的也就变成丰满的了。

金萍种的紫萝卜，头紫尾白，拔起来还沾着泥，仿佛它们还舍不得离开土地似的。阿培把切下来的萝卜叶端到河里去喂鱼，我说这萝卜叶以前是可以烧菜饭吃的，金萍说腌成咸菜也很鲜。金萍种的红萝卜，长短粗细不一，有的还长得奇形怪状。金萍说这里菜市场上卖的红萝卜，大概用了生长素，45天就成熟，放一个星期就会烂。我这红萝卜已种了半年，样子比不上菜市场上的红萝卜好看，但吃起来甜糯爽脆，放一个月也不会烂。肉叶菜也是，本地青菜半年后长菜苋，这菜半年后仍不长菜苋，还年轻着呢！

我曾让金萍种菊，说是秋上来采胎菊做茶吃。夏天里我来看过这菊，长势颇旺。今天问金萍，金萍说等你来采胎菊一直不来，早与杂草一起铲除了。

金萍种的五棵柿子树，去年我来时柿子正红，正想采摘，不料下起大雨，故一只也未摘。今年又是柿子满树，碧绿的叶丛间闪耀出一片金黄。金萍说这柿子采下来，过些时日就红熟了，如果在一筐柿子中放几只苹果，满屋生香。

山芋正爬藤，藤叶将畦背畦沟都遮盖了。等到藤叶枯萎之时，一行行畦背就会裸露出来，畦背上到处是裂缝，那是山芋在土里用力生长的缘故。在大的缝隙里能看到山芋红色的皮,也有破土而出的,如春天里的笋,不过那时一定是冬天了。

风从小河边吹过来,摇摇摆摆地吹过来。先是河边的芦苇在摇摆,然后是一大片毛豆高低起伏,然后是高粱的叶子发出一片喧响,然后风就吹到我们的身上。我的心也随着这风摇摆起来,好久没有吹到这样的风了,这风里似乎有着什么,又似乎什么也没有,混沌、干净而又平常的风,从小河边不经意地吹过来,吹过所有不经意的一切。

金萍家屋前,用砖墙围了一小块场地,养了一群鸽子在里面。金萍每天喂食它们。我看这些鸽子都不飞,只是在地上走来走去,至多也就飞到尺把高的砖墙上,就像一群鸡一样。金萍说,它们有时会飞到河西的树林里,有时会飞到东南的村里,反正它们飞到哪里去、飞出去后回来不回来,我都不关心。我只是每天把食物放在这里,它们爱来就来爱去就去。我看见麻雀和一些叫不出名字的鸟,飞落在鸽子群里啄食。金萍说最热闹的是春天的早晨,先是有一两只鸟飞到这场地里,一边啄食一边叫唤,大概是在呼唤同伴,然后是越来越多的鸟飞到这里,什么样的鸟都有,各种各样的鸟叫声都能听到,有几只羽毛鲜艳的大鸟叫起来特别好听。天天早晨都是如此,那些鸟的清脆叫声,把花叶上的露水都叫下来了,把人的心都叫软润了。

金萍喜欢养猫养狗。她说有一次在河边割芦苇,看见一个窝里有两只小猫,都是白毛黑斑点,金萍说这种颜色叫宝石花,而它们的母亲是一只黄猫。还有一个鸟窝,里面有两颗翠绿的鸟蛋。金萍把鸟蛋留在芦苇丛里,想把小猫抱回家,但那母猫不依,只能眼睁睁看着它领着两只小猫向东南上去了。

金萍养的猫正当妙龄,今年是第一次叫春,金萍说它叫春的声音特别悠长、婉转和焦灼,与平日里叫的不一样。旁边村里就来了一只壮健的黑猫,眼睛特别亮。金萍家的猫就随它出去了,两天后才回来。金萍说它找的朋友不漂亮,不是宝石花的。

金萍养的一只草狗,产下一狗崽后不慎溺水而死。留下的狗崽出生只有五天,尚未开眼,被另外一狗衔在地里,发现它时已冻得僵直,金萍将它用毛巾裹了,放在房间的电热毯上小心看护,狗崽身体终于慢慢回暖。金萍每天泡奶粉喂它,夜里也喂它一两次,先是用调羹和奶瓶喂,后来将碗放在地板上,让它自己喝,喝着喝着它就自己学会了。等这狗崽稍大些,金萍就将它放在走廊下的狗窝里。这狗窝里原来睡了一狗一猫,狗血统颇高贵，是贵宾犬，一身白毛，金萍说它还是个大姑娘，尚未婚配。狗崽与大姑娘和猫睡一窝，也相安无事。只是这狗崽错将这大姑娘认作自己的娘亲了，每当奶瘾发作，就去寻这大姑娘的奶头衔在嘴里吮吸不已。旁边的猫看见了，不知出于什么原因，也将大姑娘的另一只奶衔在嘴里。大姑娘不以为然，叉开两条后腿照样睡觉，只是金萍替它有点害臊。

金萍说，还有比这更稀奇的事：有一次一只黄鼠狼跑到场头上，金萍拿了两个月饼扔给它，它用嘴把一个月饼甩到背上，用肩胛夹住，再用嘴衔了另一个月饼一溜烟地跑了。金萍看得目瞪口呆，说这黄鼠狼那么狭的肩胛，竟然能夹负一个月饼，如果不亲眼看见还真想象不出来。

金萍说，春天里，屋前桃李花开，屋后油菜花开，蜜蜂和蝴蝶就会经常飞到屋里来。我想它们把金萍的家误认为自己的家了。

后记

一开始,促使我写下这些文字的原因是我的家乡发生了动迁。动迁使我意识到,那个我自小置身其中的家园从此以后就面目全非或者说是消失了。同时我还发现,那些平常不被注意和忽略不计的事物和生活,在消失或被改变以后,却一一来到了我的眼前。或许也可以说,它们本来就在我的心里,只是以前被什么东西掩盖了。于是我觉得,也许正是这些平常琐碎得不能再平常琐碎的事物和生活,才构成和维系了我们。它们的历史,也许也是自然界和社会发展的历史,也是我们生命和人生的历史。这样的想法促使我想要写下它们，因为我觉得如果不把它们写下来，它们也许就会真的消失，沉没在时间黑暗的深渊。于是在繁忙的工作之余，我开始了对它们的写作。一开始只是想能写多少是多少，后来发现可以结成一本集子了。但是我也知道，与我心中那个广阔的家乡相比，我写出来的只是其中极小的一部分，即使是这一小部分，也是不完整、不深入和不彻底的，有些地方甚至是有偏差的。

这本集子的叙述方式，我觉得是温和平静的。虽然动迁刚刚发生，我笔下的那个时代却早已过去和沉淀了许多年。沉淀下来的水是清的，沉淀下来的生活也许是静的，沉淀下来的时代也许是更为真实的。我可以坐在它的旁边静静打量它，从容不迫地写下我的所感所想。同时我还觉得，虽然那个时代已离我们远去，但是我们不可能剥离和终结它，因为它与我们现在的时代是一脉相连的，特别是在精神和心灵上，每一个时代都是息息相通的。这也许也是促使我写作的另一个原因。

最后，借此书出版之际，我要特别感谢我的老领导尤存同志。对于培育新人、推进和繁荣文化事业，他总是满腔热情、不遗余力。尤其是对我，给予了极大的关心和支持。

后记

衷心感谢上海世纪出版集团的总裁祝学军先生、上海远东出版社社长徐忠良先生、编辑冯裴培女士和装帧设计的李廉先生,感谢他们为出版此书所做的一切努力!

衷心感谢为本书的打印编排等付出辛勤劳动的沈彬、岑艳、王亚娟等同仁!